ぶどうのなみだ

三島有紀子

もくじ

ぶどうのなみだ

運命の樹

エリカ

そこには、一本の大きな木があった。


ごつごつとした三つの根が大地から飛び出し太い幹を支える。

その木は天まで届く高さで、葉が空を包むように広がっていた。

幹は長い年月をかけていくつもの傷を受け、ところどころ皮はめくれていたが、それさえも美しい模様のように見えた。

地中からのびた深い緑色のつるが、一本だけぐるぐるとまきついて高い枝の方までのび、強い生命を感じさせた。

丘の上に立つその大きな木が特別な木であることは、一目見て誰もが感じていた。

その木にはどういうわけか動物たちがたくさん集まってくる。鷲や鷹が高い枝にとまり、栗鼠《りす》が駆け上りうさぎが根の前に並ぶ。山羊や鹿も集まってきては枝の実を頬張り、夜にはふくろうが静かにとまっている。夏になると、かえるの合唱が聞こえ始め、蛇たちもするすると幹にからまって、どの動物たちもこの木を慕っているように思われた。

この木は運命の樹と呼ばれていた。この大きな木の下で誓ったことは、〝何があってもやりとげる運命になる〟と言われているからだ。つまり、誓った後は途中で何があってもやめられないのだ。いままで、多くの者がここで誓いを立てては、成し遂げられて歓喜に満たされた。あるいはやめたくてもやめることができずに悶絶し死を選んだ者もいた。ただひとつ共通しているのは、誓いを立ててそれが木に届いた瞬間、立っていられないくらいの強い風が吹くということであった。

エリカは、その木の根っこにひとり座った。丘の上から見下ろすと、斜面にはどこまでも続く一面の葡萄畑がある。支柱に張ったワイヤーにからむ数千本の葡萄の木が、太陽を奪い合うように広がり、整然と列をなした。一軒、赤い三角屋根の木の家が、葡萄畑の端っこにぽつんとたっている。

後ろを振り返ると、黄金の小麦畑がその先につづく紺碧の湖まで広がって、碧い空との境界線を作っていた。

透明でやわらかな光が空から降りてくる。その光はエリカの頬を撫で、髪を照らし、やがて一気に丘の下の葡萄畑に広がっていった。光は葡萄の一粒一粒を撫でながら通り過ぎ、やがて金色の夕日で照らされた葡萄の粒が、青い果皮に包まれた水分を浮き上がらせる。〝葡萄の涙〟の結集だ。その涙の結集が小さな風に揺れ、キラキラと煌き始める。エリカはこの瞬間が好きだ。これなのだ。

でもそれは一瞬で、すぐに運命の樹は大地に影を落とし始める。書いてしまわなければ。そう、あいつに伝えなければ。この葡萄の木をたった一人で植え続け、頑固で不器用に、もがいてもがき続けている、あいつに。

エリカは、鞄から紙と万年筆を取り出し、似つかわしくない太い万年筆の蓋を開けて、記し始めた。

アオへ……

ペン先から流れるブルーブラックのインクは、ゆっくりと涙がしみ込むようにわら半紙の便せんに滲んでいった。

旅のはじまり

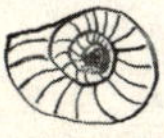

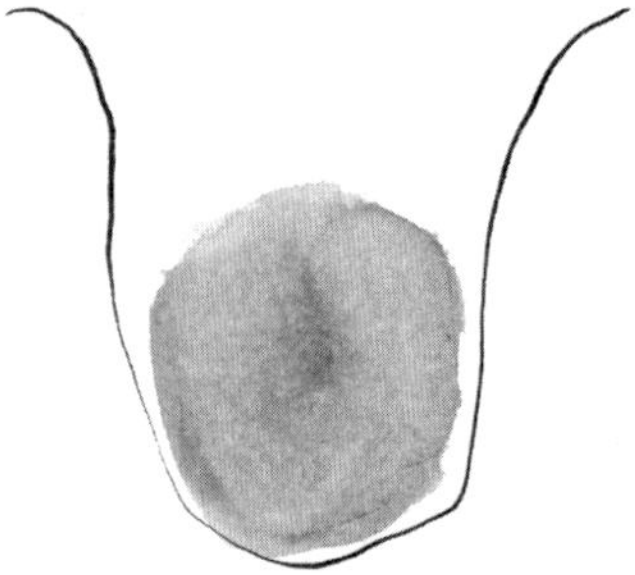

――いまのこの自分をどうしてくれよう。

今朝起きて、窓を開けると一点の曇りもない深い碧の空が広がっていた。

エリカは、部屋を見渡してみる。

十三畳の大きな窓のあるリビングと九畳のダイニングキッチン、床は組み木のフローリングである。

書店で平積みされていた文庫本がギュウギュウに並ぶ本棚。とりあえず買った統一感も愛着もない食器がシンプルな棚に雑然と置かれている。ラックハンガーにかけられた服も、働くには好都合な、センスは悪く見えないが主張もない、そんなものばかりだった。

つまり、――わたしはずっと〝折り合い〟をつけてきた――

冷蔵庫のアサイージュースをパックから直に飲むと、昨日の出来事を、もやっと思い出してきた。

なんとなく居心地がいいと思って去年からその男と一緒に過ごしてきた。休日にはシャツにチノパンでキャンバス地のトートバッグを持つ穏やかなサラリーマンである。二人だけの閉じた世界でおつきあいをしていたのだが、たくさんの人の中にその人がいる場面ではこれはまた化学反応のように、違うその人が浮き彫りになってくる。

お互いの職場の人間を交えての食事会だった。出会いを聞かれたり、他愛もない内容の話が続き、ああ、この人こんな風に話すんだとか、男同士だとこんな表情するんだとか、新しい彼が見えてきた。涼しい顔をしているイメージだったけれど、職場の先輩の冗談に大笑いしたり、ビールを注いだりとかいがいしい一面を発見する。普段はお酌をしないエリカに「こいつが注ぎますので」とお酌をさせるのも嫌みはなく、彼がお世話になっている相手なのだから、と笑顔で注いでみせた。その彼に世の中でなんなく生きていける生命力を感じさえして、この人は大丈夫だと心強く思った。自分は、生まれた時からずっと生き辛さを感じている。でも組み合わせとしてはいいのではないか。同じタイプなら、二人して息苦しくなっていくしかない。お似合いなのだな、と赤のグラスワインをぐいっと飲み込んだ。

「じゃ、結婚する？」

え？

「結婚するんだよね、僕たち」

幾人かは目を輝かせて、幾人かは脅迫するような、ひどく下卑た薄笑いを浮かべてじっとエリカを見る。

盛り上げようとした？　喜ばせたかった？　驚かせたかった？　でも、とエリカはチェイサー代わりのビールを飲み干した。いままで二人でいた時、一度も、一度たりとも結婚の話なんて出さなかったのだ。まるで、もう二人ともそういう年齢だし、それが責任というものだし、自然な流れというものだよね、といった感じで男はひとり、誇らしげに大業を成し遂げたような顔をして、みんなにひやかされている。ここで、涙でもこぼしながら、うん、と答えればそれはこの場の雰囲気としては正しいのかもしれない。逃げ場がなくなったエリカは、その場の空気に笑ってみせた。このまま微笑んでいればいいのだ。みんなこんなに祝ってくれている。おめでとう。おめでとう？　メデタインダ。そうなのか、これがもしかしたらめでたいこと、そう、しあわせというものかもしれない。だが、一度感じてしまった、きっぱりとしたまでの不快感は消えないどころかどんどんふくれあがり、いつの間にか充満した。

エリカは、アサイージュースのパックをテーブルに置いて、大きな窓からもう一度碧い空を見上げた。

中学の頃、校則でポニーテールという髪型が禁止だった。理由はまったくわからないし、三つ編みがよくてポニーテールがダメな理由は、本当はないのだ。いま思えば性を感じるからダメだったのだろう。

「どうしてポニーテールがダメなんですか？」

クラスで二番目にかわいいと言われている女の子が、先生に注意されて質問した。

みんなに問いかける。

「ねえおかしいと思わない？　みんなだってポニーテールしたいでしょ」

誰もが「そうだ」「どうしてダメなんだろう」と思ったはずである。

彼女はひたむきに反抗した。

ただ、ほとんどの女の子は、「別に三年間ポニーテールができなくってもあんまり困らないんだよね。それより、こんなことでもめてる時間が無駄なのでは」と思っていた。

「だってわたし、ポニーテールが似合う時期に、制服姿でしたいの」

確かにその子のポニーテールはかわいかった。でも、先生にくってかかってどのようなプラスがあるのか。マイナスしか見当たらない。ならば、もう少し根回しというか、同じグループの子たちだけでも「そうよ」と言ってくれる子を作っておかねばならない。

次の日から、ポニーテールの女の子は、ビラを配り、校則を無視して掲示板にポスターを貼ってまわった。

〝かわいくいこう！　ポニーテールって、どうしてダメなんですか？　校則おかしくないですか？〟

アイドルのポニーテールの写真を切り抜き、吹き出しにこの文言が書かれたそのポスターは、本当にかっこわるかった。ただ、ひたむきさは彼女をより魅力的に見せ、男子生徒は彼女のために署名を集め、応援した。だが結局ルールは変わらないままで、その子は毎日ポニーテールをしてきて先生に叱られることになった。


――ゆずれない、何か。

このひたむきになれる何かがわたしには欠けていた。


だからかもしれない。健全な、碧い空というのは、苦手である。

エリカは、棚の奥からスケッチブックを取り出した。少し躊躇して、しばらく表紙を見つめていたが、思い切って開けてみる。

和紙にボールペンで描かれたイラスト。水彩絵の具で色がつけられている。眺めているうちに、そのどの絵も愛おしくなってきて、紙をめくる手が止まらなくなった。ああ、こんな絵、描いたな。この時、なかなか猫がじっとしてくれなくて、デッサンができなくて。この色、どの青にしようか迷ったっけ。この絵、線がスケッチブックからはみ出してる。その絵を描いた時間が一瞬にして、蘇る。

少々絵が得意だったということから、エリカは美術の専門学校でイラストを学んでいた。根拠のない自信を持つ人間ではなかったし、自分が天才でないこともわかっていた。限られた枠の中で、条件に折り合いをつけながら商業的なイラストであれば描けるのではないか。エリカは、イラストレーターの道に進もうとしていた。

そんな、何者かになりたい人間ばかりがあの町には集まっていたように思う。エリカの通う専門学校の他に美大や音大も近くにあり、そういう人たちが集まる店というのもそこここにあった。エリカは、その中の一軒の店で会う、ある男との会話を楽しみにしていた。

その美術評論家は、四十少しの歳だった。好みの画家が似ていて、彼との会話はとても楽しくいつまでも話していられる存在だった。だが、彼はこう言ったのだ。

「狂ってないよね」

「え?」

「君」

「絵、描いてる時知らないからじゃないですか?」

「ああ。そうかもしれない。うん、けど」

「けど?」

「絵とかさ、イラストとかさ、なんかこの人おかしいってとこだったり、狂ってるなぁってとこがないと描けないじゃない」

「ええ、そうですね」

段々エリカは苛立ってきた。

「そういう人って、作ってない時でもそういうの、出るじゃない? こぼれるっていうかさ」

つまり、こういうことだ。君には、おかしかったり、狂っているところが感じられない、と言っているのだ。自分の中の光が一瞬にして消えた。

「作品、ちゃんと見てから言ってもらえます?」

エリカはそう言って立ちあがり、五千円札を置いていく。五千円も飲んでないが、とこんなこと考えてる時点で、狂ってないのだ。

「アンドリュー・ワイエス展、チケットあげるよ。見といた方がいいよ」

背中からその男の声が聞こえてきたが、答えずに扉の方に突き進んだ。その方が感情に任せているように見えるだろう。

そんなことを思っていると、一人で飲んでいる女が、立ち上がった。

「わたし、欲しいです」

そうして男に近づいていき、チケットをもぎとった。あ、これだ。自分の欲望にまっすぐひたむきに突き進む何か。それが、自分にはやはり欠けている。この女は、このあたりの人間ならば誰もが知っている版画家だった。

折り合いをつけ続けた時間の積み重ねは、いつの間にか自分を見失わせる。感情を抑えるあまりに、何に怒りを感じたり何に喜びを感じたりするのかがわからなくなる。

ひたむきになれず、自分さえも見えなくなった。

エリカは、数年前に買ったカフェオレボウルを触り、鼻で笑った。もう四年以上、この部屋でカフェオレを飲んでいない。

カフェオレボウルにアサイージュースを流し込んで、飲んでみる。一口飲んで、エリカは吐き捨てた。そのアサイージュースは、ほこりの味がした。

――もう折り合い、をツケナイ。


ビニールのゴミ袋を取り出し、そこに、どうでもいいものをどんどん投げ込んでいった。どうでもいい服、どうでもいいアクセサリー、結婚男にもらったピアスやスカーフ。どうでもいい本、どうでもいい化粧品……。十袋はあったと思う。かなりの量のゴミ袋がゴミ置き場に並んだ。


電話をかける。

「すみません、今日で辞めさせてください。いままで、ありがとうございました」

引き継ぎが必要な仕事でもなく、上司はするりと受け入れた。

「ごめん、やっぱり結婚無理。いままでほんとにありがとう」

昨日の帰り、わたしがしこりに触れられたような沈んだ顔を返したからなのか、やっぱりという長いため息をひとつして、わかったよと彼は冷静な対応をした。彼はきっと永遠にわたしより〝上〟という意識なのだろう。

「ほんとにいいの?」

低い声が聞こえる。ほんとに俺をふっていいの? と言ってるのだ。結婚してやるって言ってるのだ。

「うん。ほんとにごめんね。ありがとう」

「……じゃあ、いいよ!」

そう怒って、電話を切った。


「さて」ぽつんとエリカは部屋に座った。

残ったのは、スーツケース、ポール・オースターの『ナショナル・ストーリー・プロジェクト』、カズオ・イシグロの『わたしを離さないで』、アンドリュー・ワイエスの画集、ハンガリーのマチョー刺繍の紺のワンピースと真っ赤なリネンのロングワンピース、刺し子のようなカンタ刺繍の布バッグ、黒い革のブーツ。

そして、ちいさなアンモナイト。

白い玉虫色に輝いているところがとても綺麗で、小さい頃から大切にしていたものだ。

フッと笑いがこみあげた。こんなに少なかったのか。
「これじゃなきゃダメ」というものは。

エリカは、最後に一通の手紙を手に取った。
差出人は岸田怜子。ロンドンからのエアメイルである。
どうしてこんな手紙を置いてあったのだろう。

それは、二十歳の頃だった。
美術の専門学校に通っていたエリカがアパートに帰り、ポストを開けるとこの手紙が入っていた。その頃、もう家を出て一人で暮らしていたし、ちょうど父が亡くなっていろんな手続きを一人で済ませ、ようやく落ち着いた時間が戻ってきた頃だった。

エリカへ、という呼び捨ての始まり方から気に食わなかったし、父親が亡くなった途端にこの手紙を送ってくるのも不快だった。そして父のことをわかった風に〝あの人のことだから、誰にも迷惑をかけないように逝ったのだと思います〟と書かれてあったこと、日本に帰国したら一緒に暮らせるようあなたの部屋も用意してある、

とにかく一度会いたいといったようなことで締めくくられており、

——いまさら何を。

と憎々しさで手紙を持つ手が小刻みに震えるほどだった。

岸田怜子とは、六歳の時から一度も会っていない。顔も思い出せないほどだ。ただ、白いワンピースを着た後ろ姿だけが印象に残っている。それは、怖いほど冷たく、怖いほど強く、絶対に折れない木のように立っていた。

小さい頃、母の本を覗き見したことがある。

母は本を読むのが好きで、ティーテーブルには紅茶と、必ずと言っていいほど数冊の本が置かれていた。アルベール・カミュの、題名はなんだったろう、覚えていない。母は、いつもは付箋をつけるのだが、この本は付箋ではなく、一通の封筒がその頁に挟んであった。誰からなのか、裏返してそっと差出人を見る。英語で書かれた名前は男だか女だかもわからず、ただ、封を切っていなかったことが強く記憶に残っている。

そして、その頁に、えんぴつでくるりと囲まれた文章があった。

なぜなら、愛されないということは単に不運でしかない。愛さないことこそ不幸である。われわれは今日みなこの不幸のため死んでいる。というのは、血、憎悪が心そのものをも憔悴させるからである。

まだ六歳のエリカには、意味はよくわからなかったが……なぜだろう。ざらざらした砂が心の真ん中に落ちていく感覚。吐き出したいのに流れるように入り込んできて吐き出せない、そんな不安な気持ちでいっぱいになり、心が重くなっていった。母は太陽のような人で、何人かが集まると必ずと言っていいほど、中心の存在になる。それが、自分の前に存在している母とは別の人間のように思われた。〝わたしの、母〟ではなく、〝みんなの、母なのだ〟だから、やがていなくなるのではないか、そんな不安をいつも抱えていたからかもしれない。エリカは、母が去っていく悪夢でよく目が覚めた。

当時のエリカは、よく庭で、ひとり土いじりをしていた。土を触っていると落ち着いたし、また、いろんな形に変わっていく土が面白く、最初は、サルやキリンなどの動物を作っていたが、だんだんそれは建物になり、やがて村や町になっていった。

母は、いつだって突然である。

エリカの泥のついた手をひっぱって、シャワールームに連れていく。

「どうして、土いじりばっかりするの。土は汚いのよ。虫が死んだり動物が死んだりして菌がいっぱいなの」

「みんな、死んだら土になるの?」

「そうよ」

「じゃあ、エリカも死んだら土に返るの?」

「何言ってるの。エリカはまだ死なないの。もう、土は触っちゃダメ。いいわね?」

頭からかけられた前髪を伝って流れ落ちる滝のような温水の奥で、朧《おぼろ》げながら無表情な母を感じていた。

「ごめんなさい」

流れ落ちる温水の中、土がずりずりっと重くゆっくりと排水口に流れていった。

罰が、あたった。

あの日、こっそり土いじりをしていたエリカに、母は一切怒らなかった。

その代わり、シロツメクサの花冠をエリカの頭にのせ、

「いい子にしててね」

艶気を含んだ低い声で、そう言った。生の草と花の香りがつんとして、――母は花や草でそういったものを作るタイプではなかったので――不思議に思った。ふと母の方を見ると、大きな革のトランクを持って遠くを歩いている。どこ行くの？ お母さん。

エリカは必死で走った。待って、エリカの声が聞こえないの？ お母さん、待ってよ、お母さん。追いつかなければ。お母さん、どうしてこっちを見てくれないの？ いつもの坂なのに走るととても怖かった。速く走ろうと思えば思うほど足がもつれる。坂道を転んだ瞬間にエリカは叫んだ。

「ママー」

それは三歳までのエリカが母を呼んでいた言い回しだった。六歳になったエリカはしばらく、そんな風に呼んでいなかったが、その時力いっぱい叫んだのは、ママ、

という呼び方だった。行かないで、そう心で呟いたがもう母の姿は見えなくなって、それはいつも見ていた悪夢とまったく同じだった。

この日、空はどこまでも碧く続いていた。

エリカは、空を見上げた。どうしてこんなに美しく晴れているのか。エリカは、恨めしい気持ちでいっぱいになる。その時、碧い空からひと粒の雫が落ちてきた。その雫はエリカの小さな顔に落ち、頬を伝って地面に落ちた。土に吸い込まれ、やがて跡形もなくなる。こんな風に自分の涙も土に吸い込んでもらおう。エリカは、声を出して、思い切り泣いた。すると、たくさんの雨が降り始めた。晴れた空を見上げながら落ちてくる雨とこぼれ落ちる涙が一緒になって土の中へ吸い込まれていった。

それ以来、碧空に雨が降る光景が、一番嫌いだ。

母が出て行ってから父も口を閉ざしてしまい、何があったのかは、エリカにはまったくわからないままだった。

母も、今ではもう岸田怜子という一人の他人である。


くしゃくしゃになった手紙を端から細かく破っていき、最後にゴミ袋に捨てた。

銀行で、通帳に刻まれた貯金を全部キャッシュにしたエリカは、お札を十枚ずつ丸めてゴムで留めスーツケースに入れていった。そして〝これだ〟と思ったものだけを詰め、部屋の扉を開ける。


碧い空がずっと続いている。

右手にはスカスカのスーツケース、左手にはアンモナイトを握りしめる。

エリカは、今度こそ、折り合いをつけない人生を始めるんだと、アンモナイトをポケットに入れスーツケースを押しながら、足早に歩き始める。

ただ、今日は、今日だけは雨よ降らないでくれと、強く祈った。

碧と緑の国ソラチ

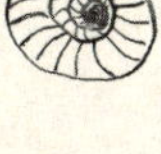

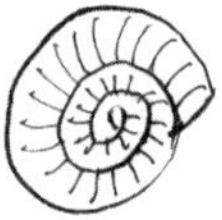

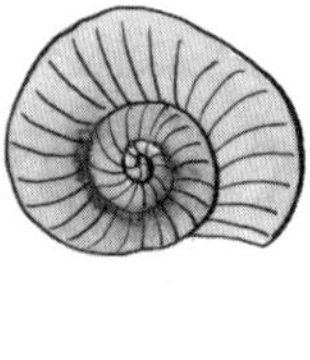

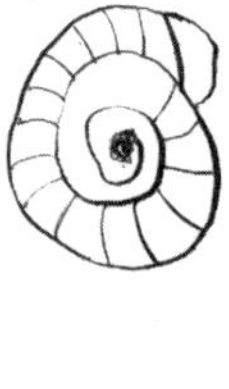

青い蝶が一頭《いっとう》、窓を開けっ放した車の中を、ひらひらと飛んでいた。

エリカは、運転しながらちらりと目をやって、ひとり微笑む。

風に吹かれながら、気持ちいいくらいのまっすぐな道を走らせていると、こういったたまの来客がある。

ふわっと甘い香りがして、その源泉の方へと坂を上ると、そこは紫色の花々が三六〇度広がるラベンダーの王国だった。その中をしばらく走りやさしさに包まれたかと思うと、今度は広大無辺の小さな黄色い太陽たちが広がる。背の高い大輪の向日葵がまるで小さな太陽のごとくに一面に揺れているのだ。雲が空高くのびていき、透明なエネルギーが無方の空へとちりばめられていく、エリカはこの夏の底が好きだ。

Welcome sorachi！　ソラチへようこそ。

そう描かれたレンガのアーチをくぐる。フランスから長い時間をかけて、ようやく、ここに、たどり着いたエリカはいっそう笑顔を深くした。

好きなことしかしない、という生き方もやろうと思えばやれるものだった。人より少しばかり得意なものを考えてみる。それは、絵を描くこと、ヴァイオリンを弾けること、料理を作ること。そして、人に興味があること、だった。行った先々で、トレーラーを停めて、テーブルや椅子を出して、音楽を奏でたり絵を描いていると人が集まってくる。そこで知り合いが増え、誰かが食材を持ってきてくれる。それで作った食事を振る舞うとまた別の人が食材を持ってきて、新しい誰かを連れてやってくる。多くは、そんな感じの暮らしだった。

エリカは、家を出る時に持って出たお金で、中古の車とトレーラーを買った。深い緑色をしたジープのチェロキーと白くころんとしたトレーラーに、その時その時ペンキで好きな色を塗る。このトレーラーでドイツ、スイス、フランスと旅を続けてきた。トレーラーには、いつでも料理ができるように、ダッチオーブンが積まれてある。保存食として、たくさんの瓶の中に乾燥した虎豆、ウズラ豆、金時豆の豆類や野菜のピクルス、きのこのオイル漬けや牡蠣のガーリックオイル漬け、チーズをスモークして燻製にしたもの、ベーコン、豚肉の塩漬けなどが積められ、そして、小さな樽の赤ワインとボトルの白ワインがところせましと載せられている。時にその地方で作り方を教えてもらったりしながら、そのどれも——ワイン以外だが——自分で作るのだった。

しかし、エリカの目的は、ただ旅をすることでは、ない。

部屋から出た時、唯一、手に握りしめていたもの。

『アンモナイト』

——自分の手で、自分のアンモナイトを掘り当てよう。

アンモナイトは世界中で眠っている。エリカは、発掘できそうな場所の地層を研究してはそこへ移動し、直感で掘る場所を決める。土地の持ち主に頼み込んで、ひとり、シャベルで掘り始めるのだ。一ヶ月で出てくる場合もあれば、半年かかるのもあるし、一年かけてやっと見つかる場合もあった。

アンモナイトは、その土地や生きていた時代によって色も形も全然違う。石のような灰色のものもあれば、宝石のように琥珀色だったり紅色や瑠璃色、乳白色、墨色とさまざまで、模様も全然ちがう。

エリカはひとつだけルールを決めていた。その場所でひとつ、見つかったらそこを発つようにしていたのだ。トレーラーの一角に飾られたアンモナイトのコレクションは、もう優に十五を超えていた。

エリカは、滞在していたフランスのディーニュ・レ・バン市のあるプロヴァンス地方で小さな地球儀をまわした。目を瞑って指差すと、そこは北海道だった。調べるとソラチという場所があり、そこは太古の昔は海の底だったと言われ、古生物の化石がずいぶん発掘されている。エリカは、ソラチで発掘された約一億年前の中生代白亜紀に生息していたというアンモナイトの写真を見た時、直感で呟やいた。

ソラチへ、

行こう。

エリカは一気にアクセルを踏んだ。

雄大な碧い空と緑の針葉樹がどこまでも続き、ところどころに、こどものおもちゃのような青、赤、白、黄に彩られた木造の家がぽつりぽつりと見えてくる。山々に囲まれたこのソラチという場所では、草や野生の花の匂い、木々や鳥の鳴き声、普段匂ってこない香り、聞こえない音が体にすっと入ってくる。今までよりも、ふわりと屈託なく大きく息が吸えるようになり、山麓に吹く清々しい風は、修羅の心を正しい方向へと導く道標のようだった。


「それだったら、丘の上に大きな木があるから。そこのちょうど下あたりよ」

青い屋根の小さな家で細かい場所を尋ねると、おばあさんが、そう教えてくれた。その丘こそがエリカの目的地だ。そのあたりは昔は海で、土地が隆起している。きっと二メートルほど掘ればアンモナイトが出てくるにちがいない、そう思った。

おばあさんはお茶を淹れながら、そこね、わたしの土地なんだけどね、と驚くことを言い出し、その一帯はもともとある家族が持っていて、畑をやっているのだけれど、ちょうどその樹のまわりだけは自分が持っている、とつづけた。ああ、と、エリカはこの出会いに感謝した。そして、おばあさんの似顔絵を二時間かけて二割増しで描き、お願いした。

「しょうがないわねえ、掘るだけよ」

エリカの描いた絵を手作りの額にいれ、壁にかけながらおばあさんはそう言った。そして、さらさらと手書きの許可証のようなものをつづりながら、

「丘の上の樹ね、運命の樹といって願い事が叶うって言われてるの。でも気をつけた方がいいわよ。なんたって、その願い事は一度決めたらやめられなくなるって」

と大笑いする。一枚の写真を見せられて、わたしなんて、この人と一生一緒にいますって誓ったら、この人が死ぬまでほんとにずっと一緒だったのよ、いやだわ、と嬉しそうに、さらに笑った。

この一本道の坂を上がれば、目的地だ。

車のギアを入れる。土の道に車はガタガタ揺れながら一気に上がっていく。土埃が舞い込んできて、少し咳き込んだが、構わずさらにアクセルを踏んだ。

丘の上の一番高い所に、一本の大きな木が見えてきた。おばあさんが話していた運命の樹は、きっとこの木に間違いない。

そこには、たくさんの鳥がとまっていて、このソラチ全体を見下ろしているように感じられた。エリカが、その木の神々しさに気をとられていると一匹のサルが、木からするすると降りてきて、嬉しそうに木の下の空き地に向かった。

その木の下に、一画だけ平たい空き地がある。エリカは、ちょうど車一台分ほどの小さな平地に運命を感じた。キャンピングカーで暮らすのに絶好の場所である。サルが誘うように手招きしたので、エリカは、一本道からカーブをきり、道なき道を進んでその空き地に入っていった。

車から降りて、見下ろす。空き地の下に広がる斜面は、一面の、葡萄畑だった。何千本あるのだろうか。整然と打たれた丸太の支柱の間に、等間隔に並んだ葡萄の木が、縦に青々とどこまでも植わっていた。どことなく、フランスやドイツで見たことのある風景と、とてもよく似ていた。

エリカは、着ている真っ赤なリネンのワンピースのポケットからダウジング——L字型の針金——を二本取り出して、探索しながら歩き回った。ダウジングは、地下にある金属や鉱物や水脈など探そうとしているものに針金が反応すると言われている。エリカは、信じこんでいるわけではもちろんなかったが、ダウジングで自分の直感が反応する何か、を信じていた。

L字型の二本の針金が、ゆっくりと交差した。

——ここだ。

掘る場所が決まると、心の底から力が沸き立ってくる。

エリカは、ウエストに巻いていたスカーフを外し、それで長い髪をひとつに結わえた。ざっくりとしたワンピースの裾をたくしあげて、端っこをウエストにきゅっと差し込む。トレーラーに置いてあった木の柄のシャベルを肩に担いで出てくるなり、大きく息を吸った。そして、勢いよく袖をまくった腕で、穴を掘り始めた。

ざくっざくっ。ざくっざくっ。エリカはこの音も好きだったし、土を掘る作業は、無心になれるのもいい。おかげで腕も逞しくなり、手のマメも何度もつぶれたが、あの、アンモナイトが見つかった時の、光が差し込むような喜びは何にも替え難い。何億年も前の生き物と向き合うのだ。エリカは、その時、一気にアンモナイトの生きていた時代へ飛ぶことができる。つまり、穴を掘るということは、時の流れをさかのぼっていくということだ。エリカは、少しずつ少しずつ、時代を旅している感覚を夢想していた。もちろん、まだアンモナイトの時代にはほど遠く、例えば今から半年前の風景はどんなだろう、あの葡萄の木はまだ雪に埋もれていただろうし、まだもう少し小さかったかもしれない、丘の上の大きな木は葉がなく枝だけが空に広がっている。そんな想いを馳せていた。

が、その想像の世界を一瞬にして空に消してしまったのが、あの男だった。

「何やってるんだ」

下の葡萄畑から、男の声が耳に大きく届いてきた。エリカは一瞬心地悪さを感じたが構わず掘り続けた。

「おまえ、ここの人間じゃないだろう」

その声は、だんだん近づいてくる。掘っていたら、こういう輩が出てくることはよくあることだ。だが、最初が肝心である。女ひとり、なめられたら終わりだ。エリカは、土を下に向かって放った。明らかに男の気配の方をめがけたが、男は足をとめる気配がない。

「葡萄はとても繊細なんだよ。勝手なことはやめてくれ。おい、聞いてんのか」

構わず、掘り続ける。

「おい、俺は、ここで必死でワイン作ってるんだ」

あれはワイン用の葡萄だったのか。だから、フランスやドイツの光景に似ていたのだ。そういえば、アンモナイトが発掘できたフランスのブルゴーニュでも、葡萄を育てワインを作っている場所がたくさんあった。そんなことを思い出しては、エリカは、黙って掘り、土を男のいる方へ放った。それが、風で広がり男の顔にかかった。おい、と男は目を瞑った。エリカは、シャベルを土に突き刺した。

「悪いけど、わたしも、ここじゃなきゃダメなの」

エリカがその男を見下ろすと、男の目はエリカをじっとにらんでいた。男は、ひょろっと背が高く、もじゃもじゃの頭できりっと固く閉じた唇、それはまるで音楽家のベートーベンのようだった。

「あんたの邪魔はしないから」

エリカは、掬った土をまた放りながら続けた。

「ほら、これ以上近づくとまたかぶるよ」

その男は、噛み付かんばかりの顔つきになったので、掘った土を全部その男の方に放ったが、かまわず近づいてきてエリカのシャベルをつかんだ。

「やめろ」

エリカは、ポケットからあのおばあさんの手書きのメモを取り出した。

「許可もとってあるの。さあ、それ、返して」

男は許可証をしばらく見つめ、よくわからない擬音語を叫んでからシャベルを投げ捨て
「邪魔だから言ってるんだ！」と、丘を勢いよく降りていった。エリカは、鼻で笑いながら、冷静にシャベルを取り上げた。

——めんどくさい奴だ。

ただ、なぜだろう。男の背中が、あまり、大地に馴染んでいない気がした。どこにも、土の匂いがしない。どこもここも綺麗で、動物くさい体温というものが感じられないのだ。男は、坂道の中腹にある赤い三角屋根の木の家に駆け込むように入っていった。煙突と、大きな窓が印象的で二階には広いデッキがある。

その家をしばらく見ていたが、そんな男のことはすぐに忘れて、目の前の大地を

ひたすら掘り続けた。

深く掘りたければ、広く掘り始めろ、だ。


日が傾き始めると、エリカは、夕ごはんの準備を始める。

トレーラーの脇から日よけをのばし、地面にはラグマットを敷く。その上に脚のないソファと、小さな机を出してきた。髪に巻いていたスカーフの土を払い、机の上に敷いてテーブルクロス代わりにする。

近くの川に水を汲みに行き、今日は何を作ろうかと考える。このあたりの水は、非常に澄んでいて、そのまま飲めるとおばあさんは言っていた。来る途中に農家さんからいただいた採れたてのとうきびがある。コーンのチャウダーにしよう。

木を拾ってきて、火をおこし、ダッチオーブンをのせる。丸々としたサッポロ黄玉葱、人参、いんげんとセロリとコーンの粒をバターで炒める。となり町の牧場でゆっくり時間をかけて作られたバターはコクと香りが芳醇だった。そこにサイコロ状に切ったスモークベーコンを入れると、またベーコンから脂のうまみが出る。小麦粉をふるい、野菜たちによくからませる。牛乳を入れて、十分煮たら、塩をパラパラとかけて味をととのえる。煮立たせないのがコツだ。

やがてテーブルには、エリカの手で蝋燭が並べられ、できあがったコーンのチャウダーと全粒粉のまあるいパンを照らし出した。いい香りだ、エリカは、赤ワインが注がれたグラスを掲げて、ひとり「乾杯！」と明るい声で叫んだ。

今日も一日よく働きました。お疲れさま。そう、思いながら、ワインをぐいっと飲む。ごくりと喉を通って、五臓六腑にしみわたる。おいしい。エリカは、お酒を飲める体質に心から感謝した。

チャウダーを口に運ぶ。つぶつぶのコーンがプチッと口の中でつぶれるたび、牛乳の味とからまって、我ながらたまらない、と思う。パンを火で軽くあぶって食べる。食べ物もワインも、ただの糧ではない。エリカにとって、一日穴を掘って、その土地の採りたての食材をいただける夕ごはんは、至福の時だった。

満腹になった頃、ちょうど太陽が沈んできたその直後に数十分だけやってくる薄明かりの時間は、夜とも昼とも言えない不思議な光があたりを埋め尽くす。

エリカはこの時間のように、一瞬しかないものに尊さを感じる。やがて、夜が近づくにつれ、丘の上の大きな木や葡萄の木、トレーラーなどがくっきりとした影となって浮かび上がり、影絵の世界が繰り広げられる。今日もいい一日だった。エリカは、今度は光量の大きいランタンに灯を点し、鼻歌を歌いながら食事のかたづけをした。

トレーラーの中は一面マットを敷いていて、どこでもごろんと寝転べるようにしてある。これでなければ、と集めたものばかりにエリカは囲まれている。ドイツのちいさな町で買った青い陶器たち、ベッドカバーはフランスの蚤の市で出合った一九七〇年代のベンガル地方で作られたヴィンテージの一点もの。いろんなコットンの布がつぎはぎになっていて、模様がすべて手刺繍でほどこされていることに、エリカは魅了された。これと出合うまでは、ベッドカバーがなかったのである。

今日もこの布に包まれて、眠る。エリカは目を瞑ると、かえるの声が泣き止むのを待たずに、すぐに意識を失った。

トントン。モノが詰まったトレーラーにノックの音が渋く響いた。

小さな窓から朝の光が差し込んでいる。エリカは、目を完全には開けられないままカーテン代わりの布をちいさくめくってみた。

警官の制服を着た丸眼鏡のひょろりとしたおじさんが立っている。ちらっとこっちを向きそうになったので、慌てて布を下ろした。もう一度ノックが聞こえ、仕方なく、はい、と返事をした。

「あのー、警察のものなんですけどね」

「はい」

「ちょっと近くの住民の方からー、苦情が入りまして。なんだかー、突然やってきてここに穴を掘り始めたと」

エリカは、大きな長いあくびをした。近くの住民って、ここらには他の家がないんだからあの男しかいない。

仕方ない。相手をするか。エリカは、いつもの赤いワンピースに着替えて、髪をスカーフで縛りながら、外に出ていった。

地球の奥底に向かって、掘り続ける。その手を休めずに、エリカは警官に一通り、説明をした。アンモナイトのこと、何年もかけていままでまわってきた国々のこと。

真摯な目で聞いていると思ったら、警官は急に泣きだした。

「いいねぇ。夢があって。世界中のアンモナイトを掘るなんて夢があるよ、うん」

警官は穴に飛び込んできて、手で土を掘り始めた。

「エリカさん。世の中に夢を見ている人はたくさんいると思うんです。だけど本当にやりたいことを実際の行動に移す人はなかなかいません。うん。僕は、エリカさん、あなたを応援します！」

と、敬礼した。そうして「運命は残酷なものです」とつぶやいた。「十代でこの世には不可能なことがあると、僕は知りました」

エリカは、警官からゆっくりと目線をはずし、歌をくちずさみ始めた。

♪Hey lady, you lady cursing at your life
You're a discontented mother and a regimented wife
世の中には人生に不満のある人がたくさんいるでしょう
それは子供に手を焼く母親かもしれないし、夫を持て余す妻かもしれない
I have no doubt you dream about the things you never do

But, I wish someone had of talked to me
Like I wanna talk to you…
そんな人たちはきっと手の届かないバラ色の夢を描いているのでしょう
だけど、ちょっと考えてみてごらんなさい　わたしがこれからお話しするようなことを

この歌はシャーリーンが歌った『愛はかげろうのように』という歌だった。自由に生きる、そうとしか生きられない女の心情が語られている。自由とは失うものが何もないこと、そうジャニス・ジョプリンも歌っていた。

続きのフレーズを警官がおくれてついてきた。

♪Oh, I've been to Georgia and California and anywhere I could run
わたしはジョージアもカリフォルニアも心休まる場所を求めて色々なところをまわったわ
Took the hand of a preacher man and we made love in the sun

心優しい男と出会って恋をしたこともあった
But I ran out of places and friendly faces Because I had to be free
だけど結局はいつも、恋しい土地や恋しい人々を後にして去っていくの
なぜって、いつも自由でいたかったから

I've been to paradise but I've never been to me…
幸福を味わってみても　結局わたしには自分ってものがつかめないんですもの

この歌を一曲歌い終わった後、警官とエリカは何も話さなかったが、にやりと笑顔になって目を合わせた。それから、日が翳るまで一緒に穴を掘り続けた。

「かんぱーい」
赤ワインがなみなみと注がれた二つのグラスが音を立てる。やっぱり乾杯はひとりじゃない方が楽しい。そんな当たり前のことをエリカは思った。カチンというグラスが触れ合う音もいい。

乾杯というのは、酒の中には悪魔が宿っていてその悪魔を追い払うためにグラスをぶつけて音を立てるんだと、ヨーロッパで聞いたことがある。だけどエリカの乾杯は、ちがう。一日の終わり、今日もお疲れさま！　明日も幸運で、と口にこそしないけれど、エリカの顔と声に、それは表れているようだった。

結局警官のアサヒさんが、たくさん食材を持ってきてくれ、この日はすごいごちそうになった。

トマトとズッキーニ、玉葱とトカチマッシュルーム、なす、にんにく、パプリカをタイムで香りづけしたラタトゥイユ。この土地で穫れる八列とうきびは、そのまたき火で焼いて、皮を剥き、湯気の出る間にバターをとろりと。ラム肉の背骨付きはタイムとローズマリーでスパイスグリルに。スティック形の固いパンのグリッシーニは保存食として持っていたものを瓶ごとテーブルに置いた。

ラム肉を食らう。赤ワインを飲む。すると、いっそうラム肉がおいしく、そしてまた赤ワインを飲んでラム肉を食べるとまたさらに赤ワインの味わいが深くなる。組み合わせがいいと、どちらの味も引き立ててくれる。これが、ワインのいいところだ。

アサヒさんは、世界中を旅するのが夢だったらしい。

「大道芸をしながら、街から街へと放浪する。トルコ・カッパドキアの地底都市や空一面が湖に映し出される天空の鏡と言われるボリビア・ウユニ塩湖、そしてたまにアラブのお金持ちに芸を見せて金塊をもらう……だけど、ある時ふと気がついたんだ、自分にはなんの芸もないって」と大声で笑った。それに、とアサヒさんは、ここソラチが大好きだってことに気づいた、と言い、ここで生まれたという以外に理由はないけどと胸を張った。しまいには、勝手に〝ソラチの歌〟というのを作って歌いだした。そうしたら、丘の上の木に登っていたサルが駆け降りてきた。ちょこんと座り、潤んだ目でアサヒさんの歌を聞いている。確かに、アサヒさんはリズム感が抜群だ。歌い終わると、サルはアサヒさんに一目散に駆け寄った。機嫌がよくなったアサヒさんが、サルにラム肉のかけらをあげると、さらに興奮して、くるくるとまわった。その様子がおかしくて、エリカとアサヒさんは、いつまでも笑い続けた。

ずいぶんと酔っぱらってしまった。

エリカは、あの男の家の二階のデッキを指差した。男が、双眼鏡でこちらを見張っているのか、立っている。

「見張られてるみたいよ、わたしたち」

「なに？　アオのやつ、警官の俺を張り込んでるのか？」

アサヒさんは、酔っぱらっているのでしばらく動けなかったが、すっくと立ち上がった。

「行って参ります。エリカさんは、心配しないでアンモナイトを探してください」

と敬礼して斜面を降りていったのだが、中腹で前にころんと転んだ。エリカは、ほんとうに警官なのか、と長いため息をついたが、仕方ない、酔っぱらいなのだから、とかたづけを始めた。


二人で、赤ワインをフルボトル二本分くらいは空けたようだった。エリカは、すぐにマットの上に寝転がった。手の爪と指の間に土が入ってとれなかったが、むしろそんな指を微笑ましく見た。ふと、窓からあの男の家の方をのぞく。アサヒさんが敬礼したまま、あの男に胸ぐらをつかまれている。あんなに揺らされたらまちがいなく悪酔いする。エリカは顔を歪めた。その後、アサヒさんは家の中に連れていかれ、明かりが消えた。今日は泊まるようだ。エリカは、水をグラス一杯飲み干して、ふぅとゆっくりと眠りに落ちた。

突然、犬の吠える声が聞こえて目が覚めた。月の位置を見ると、まだ、眠りについてたいして時間が経っていないようだった。

バウ。バウバウ。バウバウバウバウバウ。犬の声が大きくなる。

窓からそっとのぞくと、もこもこして白い毛がふわふわの、大きな犬、そして隣にはあの男が立っていて、犬は男の腰くらいまでの高さがあった。エリカと目が合うと、犬は急に静かになった。

「もっと吠えろ」

男は、小声で犬にささやいた。

「吠えろ。おまえ番犬だろ」

動かない犬に、業を煮やし、男はリードを引っ張って、トレーラーに犬を近づけた。エリカは、大きなあくびをして横になった。

しばらくして静かになったが気になったエリカは扉を開けて、外に出た。

バウ！

トレーラーの裏側から突然犬が飛び出してきた。エリカに向かって走ってくる。男が「いいぞ、バベット。噛みつけ」と叫んだ。エリカに飛びつく。と、その犬はぺろぺろとエリカの顔をなめ始めた。

「おー、おまえバベットっていうの？　よーしよし。耳が垂れててかわいいなぁ」

二本足で立つとエリカの身長とほぼ変わらないバベットの、もこもこの毛を撫でてやり鼻と鼻をくっつけてやると、バベットはたいそう嬉しそうな顔をして、男のところへなかなか戻ろうとしなかった。その間、男はずっとバベットを呼び続けたが、しまいには弱々しく「バベット……」と発して、犬を置いて自分の家に帰っていった。さすがに、バベットは男を追いかけたが、男はバベットの方を向くことは一度もなく、足早に歩いていった。


ここの土は、粘土質だった。粘土質は、同じ土の量でも、重く、なかなか掘るのが大変だ。でも、エリカは信じている。掘り続けていれば、昔、海だったであろう白い石灰質の地層が、きっと、出てくる。白い地層が見えてきたら、アンモナイトが出てくるのは、もうすぐだ。エリカは、その白い地層を目指して、ひとかきひとかき、力強く掘るのだ。

ふと、丘の上のてっぺんにある大きな木を見上げた。あの木の向こう側は、どうなっているのだろうかとエリカは確かめたくなった。丘を駆け上り、大きな木の下にたどり着く。木の根もと一帯が広く蔭になっており、見上げると、空を覆うように木の枝が広がり、木漏れ日が何度か光った。

この木には、あのおばあさんが言うように、やはり特別な力があるのだろう、そんな畏怖を感じさせる何かがあった。エリカは思わず、木の幹に体をゆだねて目を瞑った。どうしてだろう、波打っていた水面が静まり返るように心が穏やかになる。しばらくそうして、くるりと木の方に体を向け両手で幹を抱きしめ、ゆっくりと目を開けてみた。

大きな木の向こう側は、黄金に輝く小麦畑が一面に広がっていた。

反対側に位置する葡萄畑に比べて、なんだろう、大地から湧き出るような力強さが漲っていた。生きる力、というのはこういうことを言うのだろう。それはまるで、ゴッホの絵のようで、黄色と茶色のごりごりとした油絵の具を太い筆で描いたようであった。

——ざざざざざ。

風で揺れる穂の音が遠くに聞こえたその時、エリカははっとした。

——風が見えた。

小麦の穂が奥から順番に波打って、ざざざざざという音とともに、近づいてくる。風が、ゆっくりとエリカの所までやってきた。その、風と一緒に現れたのが、小麦を抱えた麦わら帽子の少年ロクだった。

「こんにちは」

丘の上の大きな木の下で、エリカは初めてロクと出会った。

少年に見えたが、二十歳は越えているかもしれない。透明な目をしてる、エリカはそう思った。生成り色のざっくりとしたシャツをくるぶしの見える丈の茶色いズボンに入れて、その姿は無垢というより、むしろ、こんなわたしですみませんという感じが体全体から匂い立っていた。

「お願いがある。あのね、あれ」とエリカは、小麦畑を指差した。

その時のロクの笑顔は、静かな湖に優しく漣《さざなみ》が広がっていくようだった。


ロクの小麦粉で、小さなパンケーキを作る。

ロクの挽いた小麦粉ユメチカラはとても綺麗で、これで作ったパンケーキは、焼き立ての小麦の香りがふわっと漂い、なにより、食べた時のもっちり感がこれほどのものは初めてだった。ロクは料理も上手で淡々と手際よく、二人でパンケーキを何枚も焼いた。


「兄さんのこと、気にしなくていいと思うよ」

ロクの声は、柔らかく耳に心地がよかった。

「兄さん？」

「そう。昨日うちの犬つれてあなたを追い出そうとしたんでしょ」

エリカは、兄弟ということに驚きのあまりぎょっとした顔をして、

「いくつ離れているの」

と尋ねるのがやっとだった。

ひとまわり年の離れたこの兄弟は、丘の上の大きな木を挟んで、兄は葡萄を作り、弟が小麦を育てているのだ。

「兄さんは、ピノ・ノワールを作ってるんだ。ワインの世界では、ピノ・ノワールは最後に植えろって言われてるぐらい難しいのに、これじゃなきゃダメなんだって言って全部ピノ・ノワールを植えちゃったんだ」


あいつの名前はアオと言った。

ロクの話によると、昼は畑で葡萄を育て、夕方からずっと家の裏にある半地下の蔵で醸造の研究をしているそうだ。でもまだ人に飲ませられるワインはできていないらしい。

エリカは、ロクと二人でワイナリーを造る計画を立てているのかと思い、ごく自然にロクに尋ねた。

「じゃ、二人ともワインが好きなんだ?」

ロクは、言葉をつまらせた。

「僕……飲まないから」

「え……。お酒、飲まないの？」

「僕、ワインが嫌いなんだ」

エリカはその時、刺《とげ》が、と思った。お酒が嫌いと言わずに、ワインが嫌いと特定した。ロクのしんと見据えるような瞳をエリカはずっと見続けながら、パンケーキを焼いた。

ロクは、不思議な青年だった。その後、何回か話をしたが、まだ二十四歳という年齢にしては達観していて、自分の望みや希望を口にしているのを聞いたことがない。あいつと真逆だ。あいつは、ひたすら、ひとつの欲望に突き進んでいくのに対し、ロクは与えられたものをありがたくいただくといった精神に感じられた。ロクの幸福は、自然と生きることであり、いい意味でも悪い意味でも自然に流されることである。雨が降ったら本を読み、晴れたら畑に出る。ロクが小麦の成長を語る時の唇はとても美しく、わたしは、彼からこぼれてくる言葉を聞くことがとても心地よかった。

「四月の、雪が解けてなくなったある日、畑が突然けむる時があります。朝日が昇ると同時に、地温が一気に上がってきて、土から小麦から、どどぅと蒸気が上がっているのです。僕は、土が呼吸を始めた瞬間に力づけられます」

だからこそ、刺が、と思った。

ワインが嫌いだということを強い調子で言った時、鋭く、何をもすーっと切って、いつの間にか血が流れていることに気づくような、刺に思えた。

――ロク

運命の樹の下で、僕は、エリカさんと出会いました。
もちろん、トレーラーを引きずりながら、まさに引きずりながら車で、運命の樹の下まで坂を上がっていくところを僕は見ているのですが、エリカさんが僕を認識したのは、この瞬間でした。
いきなり、小麦粉でパンケーキを作ってほしいなんて言われて驚きましたが、僕の作った小麦がとても美しいから、と言ってくれた理由にはとても喜びを感じました。
不思議なことがあるものです。エリカさんがやってくる朝、突然風車がまわり葡萄畑一面に風が吹いたのです。僕と兄さんは、驚いて窓から顔を出したほどでした。

風が、エリカさんを連れてきました。

エリカさんは、赤い服と下にぴったりとした薄いラベンダー色のパンツをはいて、いつも長いスカートをたくしあげていました。長い髪もスカーフで束ねて、どこでも生きていける、自由だ、と思いました。そんな、どこにも根を張らずに放浪する旅人の匂いが、です。

その日暮らしの気ままさからか、僕はこの人自身が「風」なのではないかと思うことがよくありました。変な話、本当に存在してるのかどうかわからない、もしかして、これは僕が作った幻なのではないか、と思うのです。

兄さんは、葡萄の木に影響が出るとエリカさんを何度も追い出そうとしていますが、無理だと思います。あそこはうちの土地ではないし、あそこで何をしようと基本的に自由です。

兄さんは、勝手なのです。人にはそれぞれやりたいことがあったり、守りたいことがあったり、します。兄さんは、自分の作るものが絶対で、すべてです。きっと、僕のこともエリカさんのことも、何も見えていないのでしょう。これがまた、自分を好きなだけの人間ならまだ放っておけるのです。厄介なことに自分の作るものへの、強いて言えば兄にとっての子供みたいな存在である、葡萄＝ワインに対しての必死さは否定することができないのです。

エリカさんの作る食事は、食材への愛情に溢れています。それをどう料理したら、一番いいところを引き出しおいしいものになるのかを考えて、そして、そのおいしさをできるだけたくさんの人と共有したいと願っています。

この人は日々どう生きていけば、楽しく暮らせるかを知っている人です。そこを追求するということは、何か自分の存在を揺るがすようなそんな根本的な出来事が、あったような気がするのです。大概、そこを乗り越えてきた人は、その瞬間瞬間の楽しみ方を知っています。ただ、エリカさんがその楽しさを共有できる人とずっと過ごそうとはしないで、放浪を続けている理由はこの時の僕にはわかりませんでした。

エリカさんは、自分の「幸福」をはっきり決めていました。

おいしい食べ物、おいしいワイン、楽しい音楽、そしてアンモナイトを掘ること。


一人でもエリカさんは楽しめる人です。

父が死んでからの僕も同類なのかもしれませんが、そこに僕は、少しだけ、寂しさを感じました。


でも、誰でもそうですが、「幸福」の形、というのは、変わっていきます。

エリカさんの「幸福」が、少しずつ形を変えて変化していくのを、僕は見ることになります。

gift

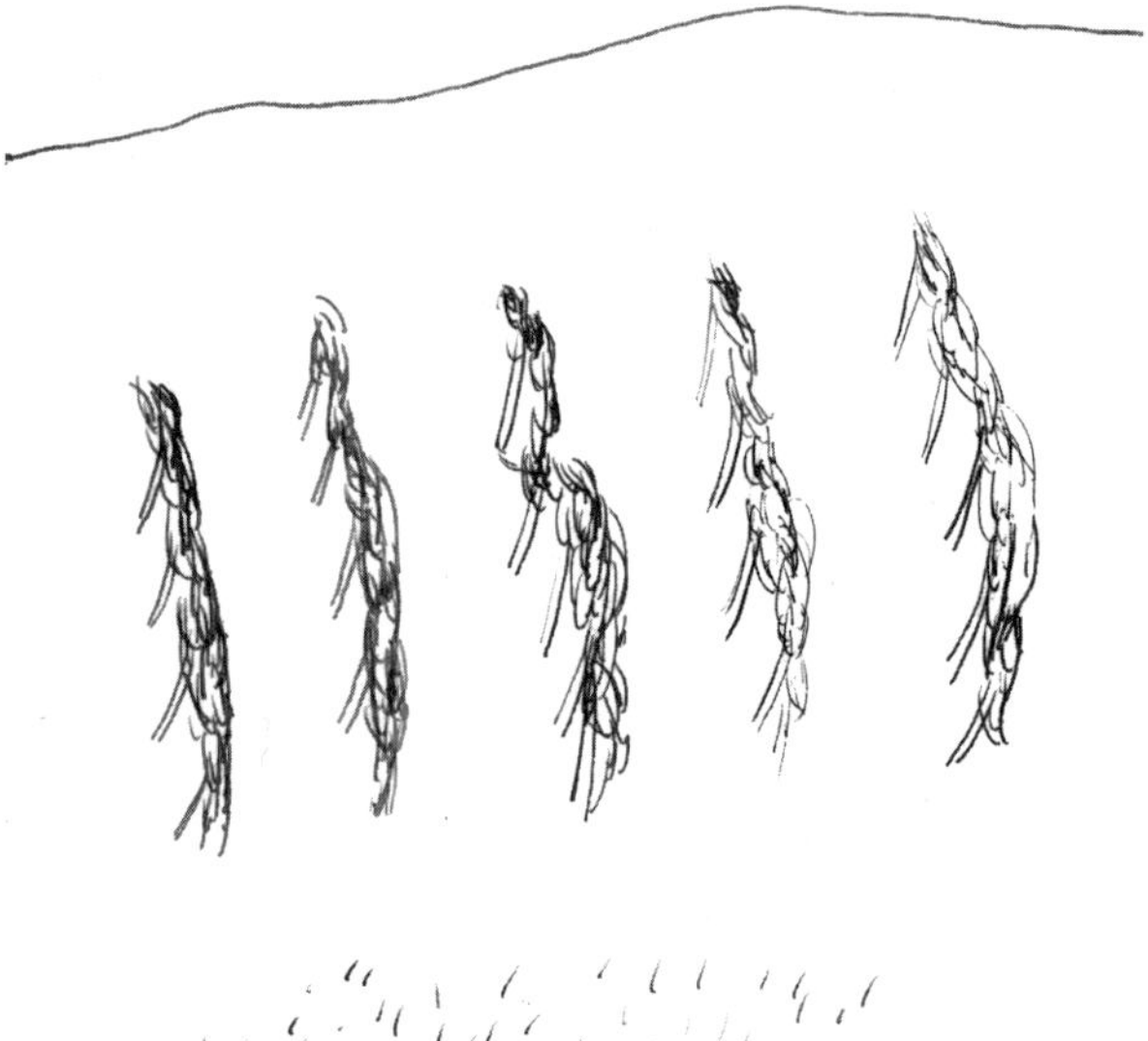

アオという人間がどうしてこんなに気に障るのか、それは、エリカにされる嫌がらせだけが理由ではなかったようだ。

エリカがここにやってきてからの一ヶ月は、その理由を探る奇妙な一時だった。


その日、起きるとトレーラーに、張り紙が一面張ってあった。

〝土の質が変わりますので、穴を掘るのはやめてください〟

掘り始めて一ヶ月近くも経つと、エリカはすでにアオの嫌がらせを気にしていなかったが、この時は、さすがに決着をつけなければ、と張り紙をすべてはがし、丘をくだっていった。


アオは、葡萄畑の中にひとり立っていた。張り紙を手にエリカは、畑の中を横切っ

てアオに近づき、

「もうやめてもらえますか？」

と声を張り上げた。

アオは、エリカの方をちらっと見たが、葡萄の木の葉を切り始め相手にしなかった。

エリカは、アオとロクの家の前まで行き、井戸から木のバケツに水をくみ、そしてそれをアオにぶちまけた。アオは、とっさに葡萄の木だけにはかからないよう手を広げ、頭からびしょ濡れになった。アオの髪からしばらく水が滴っていたが、静かに呟き始めた。

「ピノ・ノワールは、悪魔が作ったんだ」

エリカは当惑した。アオは一粒もぎって、人差し指と親指でつぶしながら、ぼそぼそと独り言のように呟いた。

「赤ワインの色は、皮で色づく。ピノはこの皮が薄くてなかなか赤ワインの色が出ない。それに、傷みやすくて、病気にも弱く、土を選ぶ。太陽の光を十分に浴びることができ、水はけもよく、保温性のある土でなければおいしくならない。たとえ、そんな土と出合ったとしても、その年の天候に大きく影響されてしまう。とても気まぐれで、ふりまわされるばかりだ」

アオは木の列がいくつも続く葡萄畑の中で、別の列に移動し、エリカは葡萄の木越しにアオを目で追った。

「ピノ・ノワールという葡萄は、品種として自分自身の個性が低い。だからこそ、土の影響がそのまま出てしまうんだ」

葡萄の木を挟んで聞こえたその言葉は、すこしエリカの心を刺した。どんな環境でも跳ね返すだけの個性がないというのだ。だが、いくら土の影響が出やすいと言われても、引き下がるわけにはいかない。

エリカは、アオを追いかけて、枝の間から向こう側にいるアオの顔の前にずぼっと腕を出した。そして「見て」と握った拳をゆっくりと開いた。

アオの顔の前にエリカのマメだらけの小さな手が広がる。その真ん中に、のっていたのは白い小さなアンモナイトだった。

「わたし、いろんな国のいろんな場所のアンモナイトを掘るためにわざわざ、あの車買って、旅して、運転して、船で車輸送までして、ここまで来たの。悪いけど」

エリカは葡萄の枝から顔を出した。

「これだけは、ゆずれない」

アオは、黙って、じっとアンモナイトを見ている。

「枝を傷つけるのはやめてくれ」
と一言いって無造作にエリカの腕を押し戻した。エリカは、貼られた紙をくしゃくしゃに丸めてアオの方へ力いっぱい、投げた。

エリカが夕ごはんを作る時は、いつの間にか、警官のアサヒさんの他にアサヒさんの友達の郵便屋の月折さん、そしてロクも集まってくるようになっていた。アサヒさんより二まわり年下の月折さんは、マッシュルームカットで体も顔も丸くて小さい。アサヒさんと並ぶとドン・キホーテとサンチョ・パンサみたいだ。二人は住んでいる家も近いらしく、アサヒさんは奥さんより月折さんと一緒にいる方が長いから子供ができない、と笑い、月折さんは、アサヒさんと一緒にいるせいで、結婚もできないといつも愚痴っている。

ロクは、家では一緒なんだろうが、外ではアオといるところを見たことがないし、アサヒさんと月折さんといる時の方が家族のようで笑顔を見せることが多かった。よく〝血は水より濃い〟と言われるが、エリカは旅を続けていて、こういった〝水は血よりも濃い〟という関係を何度も見てきた。たった一人の家族だった父を失ったエリカにとって、そういった関係は救いでもあった。ロクもことさらその関係に心の安住を求めている節が感じられた。

「今日は、赤ワインを持ってきた」

と、アサヒさんがボトルにつめられたワインを二本エリカに渡した。

今夜のメニューは、フランクフルトとソーセージを荒々しくダッチオーブンで焼いたもの。網の上で焼いたトマトのまるごとグリル、ズッキーニのグリル。きゅうりと紫玉葱のヨーグルトサラダ。千切りした人参の上にナッツ、クランベリー、イタリアンパセリを加えて、ワインビネガー、バルサミコ酢、オリーブオイルと塩、黒胡椒のソースであえたキャロットラペ。そして、ロクの焼いてくれたパンケーキ。心地よい風が吹いているし、今日も我ながら、いい晩餐だ。陽が落ちたので、キャンドルに火を点してみんなでたくさん並べた。

四人で乾杯する。

なかなか、土くさいワインだとエリカは思った。味をうまく言葉にできる人間ではないが、果実味よりも渋味や苦味がかなり強く、今まで味わったことのない土くさいピノ・ノワールだった。けれど、いつの間にかそんなことは忘れて、すっかり酔っていった。

誰もがアオに文句を言いながらも、不思議と、集まればいつもアオの話になった。アオは、この町を十七歳で出て行き、それから十数年経って突然帰ってきた、という。それまでどこにいたの？　と聞いても、誰もがするりとワイン作りの話に変えていった。

「突然葡萄の木を植え始めてな」

アサヒさんと月折さんが、フランクフルトをパリっと音を立てて食べながらアオの話を続ける。

「何やってんだって何回も聞いたら、一言、ワインを作る、なんて言ってさ」

「そうそう、あん時はびっくりしましたねー」

「あん時のあいつの顔さ、不動明王みたいにすごい怖かったよな」

「毎日毎日、いまも怖い顔で葡萄の木の世話をしてますからね」

「なんでワインなんだ……だったらロクを手伝って……」

「アオって十七歳で出て行って何してたの？」

突然疑問を投げかけたエリカの言葉を遮るようにロクが言葉を口にした。

「僕は、小麦畑の方が好きだ。だって小麦は暮らしていくのに必要なものだから」

ロクのその言葉は、暗にワインなんて嗜好品だと言っているように聞こえた。なくてはならないものではなく、なくても生きていけるもの。

「小麦畑に立ってた父さんが本当に好きだった……」

アサヒさんと月折さんは、優しい顔になる。

「あー、そうだよな。夏の小麦畑は、素晴らしくきれいだ。こう、風に揺れる穂が黄金に輝いて。それだけでありがとうと言いたくなる」

「まったくです」

二人がそう言うと、ロクは満足そうに笑った。


触れてはいけない、何か。

そういう会話をエリカは、何度も、経験したことがある。

父親と叔母と三人で食事をしている時、

「お母さんは、いつ帰ってくるの？」

エリカがそう聞くと、きまって食べ物の話になる。気まずくなるのを承知で聞いているのだ。

「もう帰ってこないの?」

すると、二人で、早く食べなさい、とか、これおいしいわよ、と言いだす。

「お母さんが、いま、どこにいるのか、わたし知りたいの」

「お母さんはね、あなたとお父さんを捨てたのよ。もう忘れなさい。最初からいなかったの」

そう叔母が答えると、父の、静かな顔にほんのすこし困惑の表情があぶり出された。自分の存在が母の存在を証明してしまう。母は、間違いなく、いたのだ。

「わたしが土いじりしたからなの?」

父の顔は疲労と孤独が混じり合って、何も答えは返ってこなかった。

叔母は、そんなこと関係ないわよ、と言ってむしゃむしゃと、本当にむしゃむしゃとパンケーキを食べていた。土いじりしたことが出て行ったことと関係ないのはわかっていた。なんでもいい、理由を話してほしい、そうでないなら適当な理由を作ってほしいから言っているのだ。パンケーキが叔母の口に運ばれていくのを見ながら、自分にこの無神経さがあれば、と思った。生きていくというのは無神経になる、ということだ。

何があっても食べる、これが生きていくことであり日常生活というものだ。だから、叔母の口に運ばれるパンケーキが日常の象徴に見えた。なんでもないことが、ここには、ない。ここにいてほしいのは、叔母じゃなく、母なのだ。高貴で厳しいけど美しい母。

置いていく方は自分の意志だからいいかもしれない、けど、と思う。置いていかれた方は、突然のことを受け入れられないままに、ずっと想いを馳せることになる。ひどいではないか。無神経にパンケーキは食べられない。だったらいっそのこといつも非日常に身を置きたいとあの頃思った。


ロクの焼いたパンケーキを見つめながら、エリカは明るく叫んだ。

「……でもね、人はパンのみでは生きられない！」

ロク以外のみんなのグラスに赤ワインを注ぐ。ロクは残念ながら牛乳だ。

「ね、また乾杯しよう！」

乾杯していると、サルもやってきて、いつの間にか犬のバベットもちょこんと座っている。

楽しい時間とおいしいごはん、そこに人々は集まってくるのだ。エリカが気分よくヴァイオリンを弾くと、それに合わせてみんなは楽しそうに踊り始めた。


「人の作ったワインを勝手に飲むな！」

突然のアオのどなり声に、みんなの笑い声は一瞬にして空中に消えてしまった。目の前のグラスが取り上げられ、地面に赤ワインがぶちまけられる。

アオが、不愉快さを満面にあらわにした様子でにらみつけていた。

アオー、そう言って酔っぱらったアサヒさんが嬉しそうにグラスを掲げると、アオは、アサヒさんからも月折さんからもグラスを取り上げ、飲みかけのボトルの赤ワインもぶちまけた。土に染み込んでいく赤ワインを見つめながら、エリカは、ただ茫然としていた。もったいない。

「これはまだ、未完成なんだ。勝手に飲むな」

知らなかったのだが、アサヒさんは、醸造所からアオのワインを黙って持ってきてしまったのである。

「アサヒさん、まずいです」

月折さんも諌《いさ》めたが、

「すまん。アオ。でもこれ、十分酔えるよ」

酔っぱらいは、時に残酷だ。味なんてわからない。俺たちは酔えたらいいのだと言っているのだから。

アオは、テーブルをひっくり返し、

「おまえたちに二度と俺のワインは飲ませない」

そう言って葡萄畑を降りていった。

「なんで、ああいう言い方しかできないんだろう。ここには、ワインなんていくらだってあるのに。人に飲ませないワインなんて、何のために作っているのかさっぱり僕にはわからないよ」

と青白い炎のような目で、ロクは呟いた。

大切に買って大切に使っているお皿の無惨な姿を見て、怒りが込み上がる。エリカは、アオを追いかけた。

「ちょっと！　あんたさ、人が大切にしてるものをこんな風にするなんて、ひどいじゃない。あの食器とかテーブルは、わたしのなんだから」

そう叫んだが、アオは一度も振り返らず、怒りで呼吸が荒くなっているのが背中からもわかった。

これだ。

エリカを不快にさせるのは、この自分の目的に一直線のひたむきさである。勝手で、頑固でまわりに緊張感ばかり強い、そこまで必死になれない後ろめたさを責めてくる。

エリカは、アオと関わらないことで平静になろうと決めた。


ロクは、森でひろってきた木を削っていろんなものを作っていた。木のスプーンやフォーク、木の椅子や机、それから梁にぶらさがったブランコ……。でも一番驚いたのは、手作りの大きな木琴だった。ロクが両手を広げたくらいの長さがあり、うすい虹色に塗られていて、それを叩いて聞かせてくれたことがある。

「とても、いい調べね」

その曲は、『主よ、御許に近づかん』という賛美歌だった。

「これはね、タイタニック号が沈む時に楽団が奏でた音楽なんだ。きっと死の絶望に直面した乗客たちの心を落ち着かせようとしたに違いない」

そうロクは言った。その時、エリカは、ロクがどれだけの日々、安息を求めて生きてきたのかを推し量った。

〝さすらっている間に　日は暮れて　闇の中　安らぐのはひとつの石の上である〟

この一節はエリカの心に突き刺さった。

ロクもまた、置いていかれた人間だったのではなかったか。兄が出て行って、父親と二人で暮らしていたという。その父親が亡くなった時、ロクはまだ十六歳で突然ひとりになってしまったのだ。エリカもロクも置いていかれた者同士だ。

ロクは賛美歌を二回繰り返し、柔和な明るい顔で木琴の音板を指で撫でた。

「兄さんが言うんだ。父さんがね、僕が生まれた時、大地の王者誕生だって、言ってたって。けど、僕は日常を生きる、ただの生活者なんだよ。王者じゃない」

でもね、ロク、あなたが小麦畑の真ん中に立っている姿を見た時、あなたは、まさに大地の王者に見えたわ。エリカはそう言いたかったが、言葉にできなかった。

「でも、思うの。誰だって、自由がある限りひとりひとりが王者なんじゃないかしら。本当は、わたしたち、何やったって自由だし、どこに行くのも自由だし、いつ泣いたって笑ったって自由なのよ」

そう言うのがやっとだったけど、それを聞いたロクが優しく微笑んでつづけた。

「ほら星が、いつもより近くなってきているよ」

夜になるとたき火の近くで、エリカとロクは、よく音楽を奏で合った。

そして、時には、エリカがロクの絵を描いた。ロクの頬から瞳が火の明かりで照らされ、それはいつもおだやかな湖のように美しく、ぱちぱちと木が燃える音だけが聞こえる静かな時間が流れていた。ロクは、描き上げた絵をとても気に入ってくれて、木で作った額に入れて家のキッチンに飾ったと言った。

エリカがここで暮らし始めて、二ヶ月が経とうとしていた。掘っている穴もそろそろ二メートルの深さになって、木のはしごで上り下りするようになった。空の碧がすこし柔らかくなって、葉の緑も根っこに近いところから黄色になり、葡萄の実も色づいてきた頃で、エリカは、柔らかな秋を感じていた。

ずいぶんと大きくなった穴の中に降りて、エリカはうずくまった。伝わってくる土のひんやりとした冷たさと、その奥の柔らかなぬくもりに包まれる。土に耳を当てるとエリカには聞こえる。水が大地に染み込む音。ひと雫ごとに、落ちていく水の音。こうやって、あらゆる水分という水分が地中に吸い込まれていく。そして、想像する。この大地で生きたいろんな生き物や人間のこと。


写真を撮られるというのは、いまから思えば愛されている実感を持てる瞬間だ。古いライカのカメラを手に入れたと父が、十歳くらいのエリカを嬉しがって撮り始めたことがある。

部屋中を走り回り、ソファやら本棚やらいろんなものに隠れては、顔を出した。エリカはいつも大口を開けて笑うのだが、ティーテーブルの上にあごをのせた瞬間、口を閉じたまま微笑んだ。その時父は、顔をしかめてカメラをおろした。エリカは、父の顔を見て、あ、母に似ていたんだ、と思った。母は、よく、口を閉じて微笑んでいたのだ。エリカは、慌てて大きな口を開けて笑った。なんとしてでも笑い続けなければ。父もまた、エリカに対して、愛と憎しみの間を行ったり来たりして、苦しんでいたのではなかったか。二人は、自信の持てない不安定な中で、一緒にいて、笑ったり苦しんだりした。

穴の底に身を沈めたまま、エリカはごろんと仰向けになった。涼しい風が吹く。まるく切り取られた空にちぎれた雲が流れていく。空の風景が流れていくからだろうか、いくつもの地層を旅しているからだろうか。葡萄の木が育っていくからだろうか。ここは、深海に深く潜っていくようにルーツを考えさせた。

すると、どこからか、教会の鐘の音が響き渡った。それは、神聖な心持ちにさせた。その音に導かれるようにエリカは、穴の中のはしごをゆっくりと上っていった。

地上に出たエリカは、目の前の光景を見て息をのんだ。

薄明かりの中で、金色に輝く一面の葡萄畑。葉一枚一枚、木々のひとつひとつが柔らかな逆光で金色の光に満ちあふれている。黒い葡萄の粒のひとつひとつまでも、金色の光に透けて中の水分が輝いている。

あたりはいつの間にか、光源となる太陽が地平線に沈んでいて、その光は、すべての影をやわらげ、暖かみのある色合いになって、風景を金色に染めているのだ。


ああ。

美しいとは、こういうことだ。


エリカは心の底が感動のあまり震えるのを感じた。

生きててよかった。

これは〝gift〟だ。

こんな、思いがけない贈り物があるから、生きることをやめるわけにはいかないのだ。エリカは、唇の震えをとめることができず、いつの間にか、一筋の涙が流れているのに気がついた。

ああ、本当にありがとう。

その美しい光景は、完全に太陽の光がなくなってしまうまで続いた。

エリカは、ひとり、静かに夕ごはんの支度を始めた。ゆっくりとテーブルにスカーフを広げ、お皿を並べる。丁寧に丁寧に野菜を切っていった。じゃがいも、玉葱、人参。圧倒的な美しさに触れたこんな日はシンプルなスープを煮よう。トレーラーに、置いてあったブーケガルニを取りに行き、戻ってきて、エリカは驚いた。テーブルの上に、一房の葡萄があったからだ。

ふと、下を見ると、アオの後ろ姿が見える。エリカは、不思議そうな顔をして、

「何これ？」

と言った。

「おすそわけだ」

アオは、背中を向けたままそう答えた。エリカは、突然の贈り物に戸惑ったが、その葡萄が先ほど見た美しい光景のかけらだと思うと非常にかわいらしく思え、小さな声で、ありがと、と言った。

その葡萄は、食用の葡萄より粒が小さく皮も薄く特別な葡萄に思えた。そのまま食べても味が濃厚でおいしかったが、エリカはそれを煮詰めてソースにした。その

ソースをかけて食べたカモのローストは抜群においしかったのだ。

ここには、なんでもある、空があって、木があって、土があって、おいしい食材がある。ここで、アンモナイトが出たら、申し分ない。

明日も存分に掘ろう。それだけだ。


次の日、エリカはなぜかとても早く目が覚めて、日の出前から、外のソファで葡萄畑を見るでもなく座っていた。


アオは、まだ暗い畑に立っていた。ちょうど、その時間、空が濃い青色に染まる時間帯がある。葡萄の木やそこに立つアオの姿がシルエットに見えて、だんだん太陽が上がってくると、世界が生まれるように、実体が見えてくる。アオは、ゆっくりと畑をまわって、葉で太陽の光が遮られている実がないかを調べて、余分な葉やつるを切っていく。と、突然今度は這いつくばって雑草を刈った。

美しいこの葡萄畑をアオはひとりで造ったのか。

エリカはロクの言葉を思い出した。アオは、ずっと、葡萄の木とワインのことを考えている。
——ひたむきだな。
だが、エリカはこの朝、なぜかアオのひたむきさが、不快にはならなかった。

――ロク

その葡萄畑の光景は、息をのむ美しさだったのです。家の中にいた僕も、葡萄畑に出てきてしまったほどですから。でももっと美しかったのは、それを見ているエリカさんでした。僕からは、丘の上にいる彼女の姿は小さかったけれど、体全体が柔らかい光を受けて、頬に一瞬何かが光りました。涙だと思います。ほんとうに神々しい姿でした。僕はエリカさんから目が離せずにいたのですが、中腹にいた兄さんもエリカさんを見ていることに気づきました。兄さんの、ずっとエリカさんを見ている背中さえも光で輝いているのが、辛くて僕は目をそらしました。この時、兄さんはエリカさんを好きになったと僕は確信しています。

エリカさんが、ひとり、静かに夕ごはんの支度を始めました。ゆっくりとテーブルに布を広げ、お皿を並べます。いつもよりゆっくりと野菜を切っているように感じました。ダッチオーブンでスープを作っているようでした。トレーラーに、何かを取りに入った時、兄がやってきたのです。僕は、エリカさんに小麦と、寒くなってきたのでストーブを持っていこうと近くまで上がってきていました。

エリカさんは、テーブルのところに戻ってきて怪訝な顔をしていました。テーブルの上に、一房の葡萄があったからです。

兄さんが、僕たちにも食べさせてくれないピノ・ノワールを、エリカさんのために一房置いていったのです。兄さんは、おすそわけだ、と似合わない言葉をエリカさんに残して葡萄畑に消えていきました。

僕は、本当に驚きました。兄さんの目に、葡萄以外が映ることがあったのです。

兄さんがエリカさんに葡萄を贈ったのは、恐らく、エリカさんが美しかったからではないと思うのです。
兄さんは、自分の造った葡萄畑の美しさに感動して涙を流してくれたエリカさんに、感謝したのではないか、と思います。あの人は、そういう人なのです。自分より相手より、自分の作りあげたものに感動してくれる人を一番尊重します。もしかしたら、それが芸術家と言われる人の生き方なのかもしれません。確かに兄は、それを造りあげる力があり、生み出す情熱を持っています。もちろん、兄の造った葡萄畑にあの奇跡的な光が差し込んだことがあの素晴らしい美しさを生んだのですが、もしかしたらそれは、兄が引き寄せたのではないか、そう思うほどのエネルギーを兄は持っていました。

その夜、僕はハンモックで星空を見上げながら、なんとはなしに『主よ、御許に近づかん』を口ずさんでいました。

次の朝、いつもはそんなに早く起きないエリカさんが、その日は、なぜだかとても早くトレーラーの前に置いてあるソファに座っていました。

兄さんは、いつものようにまだ暗い畑に立っていました。ちょうど、空が濃い青色に染まる時間帯です。葡萄の木や兄さんの姿がシルエットに見えて、だんだん太陽が上がってくると、光が差し込んで世界が生まれるように、実体が見えてきます。兄さんは、ずっと、葡萄の木とワインのことを考えているのです。僕から見ると、兄さんの育て方は少し過保護のように見えます。兄さんは、ゆっくりと畑を歩いて余分な葉を切ったりしながら葡萄の木を見てまわり、土に養分を撒いたり、養分を奪っていく雑草を刈ったりしました。

その姿をエリカさんは、この時、ずっと見ていたと思います。兄さんを、見ていたい、のです。僕は、この時からエリカさんの心が兄さんに向かっていくのを感じていました。

そんな時に、あの豪雨の日がやってきたのです。

葡萄の涙

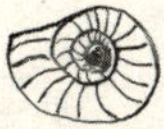

エリカは、空を見上げて、まさか、と思った。

空は碧いままなのに、うすい千切れ雲が広がったと思ったら、どしゃ降りの雨が大地をたたいた。

エリカは、走ってトレーラーに向かい、中からミリタリー用の分厚い防水テントの大きな布地を取り出した。雨水の濁流が泥となって溜まり、穴がふさがれてしまう。横殴りの雨の中、エリカは必死でその重くて分厚い布を張り、穴になんとか水が入らないようにと、大きな石で布のふちを押さえていった。だが、水は少しの隙間を見つけて、容赦なくどどっと穴に落ちていく。

——もうどれくらい溜まってしまっただろう。

エリカは、穴になだれ込む濁流と同じ勢いの不安にのみ込まれていった。

「そんなんじゃダメだ」

軽トラで、エリカの空き地に突っ込んできたアオは、大声でそう言った。荷台にたくさんの土嚢が積まれてある。そのうちの二つを担いで、びしょ濡れになりながら、エリカを通り越し、穴に張られた布のふちにひとつひとつ置いていった。アオの髪からぼたぼたと雨が滴り落ちる。それを辿って見ていたエリカは、アオの、そのまっすぐで希有な瞳の強さに動けなくなった。

「何やってんだ。早く運べ」

そう言われて、エリカは我に返り、土嚢を運んだ。土嚢はひとつ、二、三十キロはある。ずぶ濡れの二人は、ただ黙ってそのひとつひとつを運んでは、穴の周りに置いていった。直径三メートルはあるから、その周りの十メートル近いふちを全部土嚢で埋め尽くさなければならない。雨はさらに激しくなってきて、二人の目や口に入り込んでくる。服はもうすでに泥だらけで、雨が染み込み重くなっていった。

エリカは、両手で土嚢を運びながら前へ進む。土は雨でどんどん柔らかくなり、ぬかるみに足を滑らせ、エリカはうつ伏せに倒れた。顔を上げて、ついた泥を拭い、這いつくばって立ち上がる。足をとられながらそれでも必死で前へ進んだ。運びながらエリカは、なぜだか悔しくなってきて叫んだ。

「わたし、雨ってキライじゃないの。でも、碧空のくせに降る雨は大嫌い。今日はいい空だなあって思って見ていると、頬にぽつんと大きな雨粒が、落ちてきて。それから、顔いっぱい降って。そういう時、決まって最悪の時なのよ」

運んでいたアオが立ち止まった。エリカは持ってきた土嚢でテント布を押さえた。すると、もう水の流れる道は三十センチほどの一カ所になった。そこにアオが運んできた最後のひとつを置いて、水の流れ道を遮った。アオはしばらく雨に打たれるテント布を見つめてからエリカを見た。エリカもアオを見た。アオの顔は泥まみれで、エリカがふこうとした時、アオは手袋を外し、エリカの顔の泥を手でふきとった。

「泥だらけじゃないか」

二人は、目線を外すことができなくなった。二人の体に激しく雨が降りそそぎ、もう大地をたたく音しか聞こえない。

「碧空に降る雨は、俺も嫌いだ」

その中で、その声だけがかすかに聞こえた。

穴に流れる道筋を失った水は、穴を迂回して下の葡萄畑の方へ川になって流れていった。

エリカは、その日、アオの家でお風呂に入った。久しぶりに、あったかいお湯に長くつかると、硬くなっていた体が芯からほぐれていくようだった。

碧空に降る雨は、嫌い、同じことを想っている人がこの世にいたことのかすかな喜びもあったと思う。何より、自分が一番大事にしている穴を守ろうとしてくれた、そのアオらしい清らかなシンパシーに感謝した。

アオの醸造所は石蔵で、家の半地下にあった。エリカは、アオにきちんとお礼を言おうと、おそるおそる階段を降りて行った。暗くひっそりとした空気の中で、たくさんの木樽が両壁に沿うように並び、箇所箇所に温度計が設置されている。奥の机の上には実験器具があり、黒板には数式が記され何度も繰り返してはやり直している跡が見受けられた。棚や床には、大量のワイン作りの本が積まれてある。エリカは、初めて中に入って、アオの内面をのぞいた気がして、少しばかり恥ずかしさを覚えた。

樽の奥の光があたらない壁に、一枚の写真が飾られている。いや、隅だからもしかして隠されているのかもしれない。アオが高校生くらいだろうか。ロクはまだ小さな子供で、丘の上の運命の樹の下で撮った写真だ。アオはトロフィーを手に持ち、その顔は晴れ晴れしく輝いている。その写真は、撮影者からの、おめでとうという声がいまにも聞こえてきそうな一瞬が切り取られていた。

「あったまったのか?」

とつぜん、アオが樽の蔭から現れた。エリカは驚いたが「いい?」と言うと、アオは「いいよ」とぶっきらぼうに言い放ち、実験器具が置かれた机の前の椅子に座った。

家族の写真をエリカが見ていたのに気づいたからか、アオは、エリカという名前はどんな字で書くのか、と尋ねてきた。エリカはカタカナだと答えながら、次の質問を想像して暗い気分になる。

「誰がつけたの?」

エリカは、触れられたくない部分に確かに触れられたのに、さらりと母親だと答えた。しかも、自分でも不思議なことにその先を続けていた。

「エリカってね、日本ではあんまり知られてないけど、英語ではヒースで〝荒れ地〟って意味なの。母は、イギリス生まれなのよ……ひどいでしょ？」

アオは、黙って背を向けた。

「……もうずっと会ってないから、顔も忘れちゃった」

エリカも、自分がどうしてこんな話をしたのかわからず、大きな木の樽の蔭に隠れた。

「生きてくれてたらいいよ。それだけで」

アオの、柔らかな声が聞こえた。アオとロクは、父親も母親もなくしている。だけど、と思う。愛されないよりはその方がいい。そう心で呟いたのが聞こえたのだろうか。

「生きてればいい、生きてくれてれば、また何か変わることがあるかもしれない」

アオは、ぽつりと言って、樽の蔭に隠れたままだったエリカに近づいてきて、のぞきこんだ。

「ワインの葡萄は、〝荒れ地〟の方が、よく育つんだよ」

この時、心がふわりと温かくなって、エリカという名前が少しだけ好きになれた気がした。それは、岸田怜子が出て行ってから初めてのことだった。

〝アオ〟その名前は父親がつけたとアオは言った。弟は緑と書いてロクと読む。空のアオと木々のロク、それは、ここにあるすべてだった。二人の父親は、本当にここが好きだったのだ。「親父は、炭鉱の生まれだったから、黒と灰色の世界より碧と緑の色が広がる世界の方が好きだったんだよ」

アオの話のほとんどは、ワインと父親のことだった。小さい頃と五年前にワインを造り始めてからの話ばかりで、ちょうどその間、十代後半から二十代の話が抜け落ちていた。エリカは、きっとアオが意図的に話したくないのだろうと思い触れずにいた。エリカも、会社を辞めて放浪生活を始めてからの話しかしなかった。それでも二人は、それぞれが過ごした時間を、少しずつ、少しずつ話しながら、お互いのことを心の記憶にしまっていった。

秋の夜の南の空は、夏に比べて星が少ない。だから、月が綺麗に見えるのかもしれない。運命の樹の下からエリカとアオは空を見上げていた。

「ころころ変わっていく空より、わたしは土の方が好きだな。何億年も前は海で生きてた生き物が、いまはここに眠ってる。土って、いろんな生き物が生きて死んで生きて……その積み重ねなのよ」

アオは少し笑って、

「当たり前じゃないか」と言った。

「そう、当たり前。でも、わたしは想像する」

そう言って目を閉じた。空高く虫の声だけが響いている。

「どうして一番欲しいものって手に入らないんだろう」

アオは、ごろんと仰向けに寝転がりながら、ぽつんと言った。

「一番欲しいものだから、だよ」

アオは、いままでに何か大きくあきらめたことがあったのだろう。それがきっと、ここに帰ってきた理由に違いない。二人は、お互いに、一番欲しいものを聞けずにいた。

「ワインは、一瞬で消えるんだ」

とアオは空を見た。

「葡萄を育てて、秋に収穫して、醸造して、手間ひまかけて作って、でも飲んでしまえばなくなる。なんにも残らない。でも、それでいいんだ」

だけど、とエリカは思った。

「おいしいって想いだけは残るね」

アオは意外そうな目でこちらを見た。

「それに、体に入れたものって、体が全部記憶してるって思うんだよ、だからわたし、毎日おいしいもん、食べたいの」

そう言って、エリカは空を見上げた。空気が澄んでいるからか、地平線近くに見える南の魚座のひとつ星が、いつもよりいっそう輝き始めたような気がした。


その夜、エリカはひとり、外のソファに座って夜風に吹かれていた。フランスで掘り当てた玉虫色に輝くアンモナイトを月にかざしてみる。一億五千万年前、こいつは生きて海の中を泳いでいたのだ。このうずまきの形がどこまでも続く螺旋階段みたいで好きだ。この螺旋階段を夢中で降りていき、もやもやしたものを全部振り切っていく自分を想像した。こんなものを研究者でもないのにわざわざ掘りにくる人もなかなかいない。でも、いまのエリカにとって、これが生きる目的だ。

自分が大切にしている何か。大切にすればするほど、頑なに人に触れられたくないし、見せたくもない。アンモナイトを勝手に持っていかれたら、アオみたいに、いや息もできないほどに血相を変えて怒鳴り込み、なんとしてでも取り返すだろう。

エリカは、そこまで大切にできるものと出合えた人生に、半分感謝して半分呪った。だが、自分がいつ、どうしてアンモナイトと出合ったのか、まったく思い出せずにいた。

ただ、この時エリカは、地中深く潜っていくアンモナイトを探す旅と同様に、空に向かってのびていく植物を育て、やがて実がなりそれを収穫することも、きっとおもしろいのだろうと思い始めていた。


この日、エリカは、一日だけ、穴を掘るのを休むことにした。

朝早くから、アオとロクが葡萄の収穫をしているからだ。いや、厳密に言うと、葡萄畑に二人の鋏の音が響いていたからだ。

「ねーねー、もうひとつ、ある?」

エリカは手を鋏の形にして、アオに言った。

「お礼に手伝う」

アオもだったが、別の列を収穫していたロクが、驚いてこちらをのぞきこんだ。

葡萄の収穫は、ひとつひとつを手で抱くようにして、房のぎりぎりの茎を切っていく。片方の手にのった葡萄は、赤子のように小さくてかわいらしかった。摘んでは、重ねてつぶれないように籠に入れていく。気持ちのいい風を感じて、エリカはふと、目を瞑る。そうすると、遠くから二つの鋏の音が聞こえる。

パチ。アオが摘む。

パチ。ロクが摘む。

パチ。またアオが摘む。

パチ。またロクが摘む。

二人の鋏の音が聞こえる。見なくても、音で誰かがいることがわかる。人の気配が、ここにはある。エリカはこの時、これが、誰かと一緒にいることなのではないか、と思った。エリカは、二人の鋏の音を聞いては摘み、摘んでは聞いて、葡萄を丁寧に収穫していった。

収穫がおわったあと、次は葡萄を搾る作業である。大きな木樽に収穫したぶどうを入れて、足で踏んでいく。ピノ・ノワールの場合、皮も種もまるごと入れる。やろうよ、とロクに誘われて中に入って踏み始めた。

一足踏むごとに飛び出す葡萄のジュース。いい香りが充満する。エリカは、踏み続けると楽しくなってきて、鼻歌を歌い始めた。それに合わせてロクも踏む。アオも踏む。エリカは、紫色まみれになっていくアオとロクの姿がおかしくなってきて、笑い出した。そうして、顔いっぱいに葡萄の汁をつけているエリカを見てアオとロクも笑った。エリカは、アオのそんな楽し気な笑顔を初めて見た気がした。二人の笑い声の中で、足下の実と搾られたジュースを見て、葡萄は水分の結集だと思った。大地から吸い上げた水分の結集なんだ。エリカの中でその一滴一滴に感じる愛おしさが、踏むごとに大きくなっていった。


労働の後の食事は最高だ。一日働いて、エリカは初めてアオとロクの家で夕ごはんを作った。

アオとロクの家のキッチンは充実している。道具がわかりやすく、使いやすい位置に存在しているから、いまもここできちんと料理されているのがわかる。

大きな鉄のフライパンで炒めたごろごろのジャガイモに、塩と黒胡椒で味付けする。それだけでもおいしそうなのだが、産みたての卵があるというので、こまかく刻んだエストラゴンというハーブを混ぜた溶き卵をじゅうっと流し込んで、スパニッシュオムレツを作る。ロクは、エリカがオムレツをじっくり焼いている間にふっくらした白いパンをオーブンで焼いてくれた。

昨日ロクが作ったという、じゃがいもと人参と玉葱とソーセージのポトフの残りがあったが、ソーセージは二人で食べてしまったというので、塩漬けにしておいた豚肉とブーケガルニを持ってきて、簡単に作り直した。

「おいしい」

エリカは、一番にそう言いながら切り分けたオムレツを食べる。アオは、作った本人が言うか、と首を傾げ、ロクは、すごくおいしい、そう言って頬張った。新鮮で濃厚な卵とこのあたりで穫れるじゃがいものほくほく感が格別だ。

「いやーおいしいもんって誰と食べてもおいしいわ」

エリカは、屈託なく笑った。

この家の食卓は木でできた大きな四角いものだ。それぞれの辺に椅子が置かれてある。かつて、家族四人がこの食卓を囲みごはんを食べていたのだろう。きっと窓側の大きな椅子に座っていたのが、父親だ。今は、誰も座っていない。そしていま、エリカが座っているのが母親の席。アオとロクは、こうして、昔から向かい合って、食事をしているのだ。エリカの席から、父親の椅子とその奥に大きな木窓が見えた。思わず駆け寄って木窓を両手で勢いよく開けた。ほとんど日が沈んだ空にひとつの星が輝いている。

「一番星だ」

エリカがそう言うと、ロクは、あれが一番星なのかなぁ、そう言いながら窓に近づいた。

「一番星って最初に出る星でしょ。明るい空に先に出ていても見えないから。だから他に一番星があったかもしれない。目立たないけど」

エリカも、そうかもしれないと思った。見えていないだけなのかもしれない。

「俺はそうは思わないな。自分が一番星だって思えばそれが一番星だ」

アオは、自分の皿を持って立ち上がり、醸造所へ向かった。その背中に、

「ワイン一口、飲ませて」

と言うと、アオは、しばらくの間黙って、一言、

「いいよ」と言った。

アオが、ワインを古い樽から木杓で掬い、グラスに注いだ。

エリカは光にかざして色を見た。澱の残ったにごりのある濃い赤い色の液体が揺れる。口にふくむ。舌に広がる苦味も渋味も濃く、独特の味がたまらなく個性的に思える。

アオが、先生から成績表を渡される生徒のような顔つきでこちらをうかがっているのが見えた。

「土くさいね」そう言うと、アオの顔に翳りが生まれた。

「ダメなの?」

「まったく洗練されてない。土の味が勝ちすぎてる」

「ま、そのうち、おいしくなるんじゃないの?」

エリカは、また、くいっと飲んだ。そんなエリカの顔をアオはしばらく黙って見つめていた。

「おまえ、どんなワインでも、おいしそうに飲むよな」

「……どんなワインでも、じゃないよ」

大きな口を開けて笑いながら、エリカはぐいぐい飲んだ。角が全然とれていない、ざらっとしたワイン。これはまるで、アオそのものではないか。そう思うと、エリカはより微笑ましく思えてきて、そのワインを飲み干した。

それから数日間、アオは、溢れ出す親しみを満面に浮かべながら、いろんな話をエリカにするようになった。

その中でも、印象に残った話が二つあった。「葡萄の涙」とワインの「一次発酵」である。

「葡萄の涙」って知ってるか？

アオは葡萄畑を見ながら突然エリカに聞いてきた。アオが、涙という言葉を使ったことに驚いた。だが、それは、本当にある自然の現象だったのだ。

「葡萄の木は、冬の間は雪の下でひっそり眠ってるんだ。でも春になると、葡萄の木が雪解け水をいっぱい吸い上げて、小さな枝からひと雫の水を落とす。その雫を、〝葡萄の涙〟って呼ぶんだ。それを見ると俺は、ああ、葡萄の木が目覚めたんだなって思うんだよ」

葡萄の涙は、一年で、本当に限られた時期にしか見ることができない。

葡萄の逞しさを語るアオはとても嬉しそうで、エリカは、もしかしたら、アオは葡萄のこういう逞しさを信じたくて育てているのかもしれないと思った。


もうひとつは、醸造所でのことだった。

醸造所は、不思議な空間だ。まるで自分たち以外の生き物がいるような気配がずっとある。その謎はすぐに解けた。耳を澄ますと木樽の中から、シュワシュワと音が聞こえる。それはワインがゆるやかに成長を続けている音なのである。

だが、それよりも明確に、ワインが生き物であることを実感した瞬間があった。

アオと話している時、巨大な樽から、ブクブクッという音が不意に聞こえてきた。その樽には、一緒に収穫して搾った葡萄の液体が入っているのだ。アオが、一次発酵だと言い、樽に架けられたはしごに上り中をのぞくと、樽の中で深紅の液体が泡を立てて動いている。ブクブクと泡が立っているのを見て、エリカは、

「生きてる」

そう言って身を乗り出し、続けた。

「樽の中で生きてるんだ」

発酵していく葡萄の香りとブクブクという音に、エリカは包まれていた。

「いや、生まれたんだ」

アオが力強く、そう言った。

「俺は、葡萄として一度死んで、こうやってワインとして生まれ変わる瞬間が一番好きなんだ。形を変えて生まれ変わる」

葡萄から、ワインに生まれ変わる瞬間。誰だってこんな風にもう一度形を変えて生き直そうという瞬間があるのではないか。

——必死で変わろうとしている。

アオが心惹かれているのはつまり〝再生の瞬間〟だ。葡萄の木が春になって動き始める瞬間。葡萄がワインとして生まれ変わる瞬間、アオは強烈に再生を求めている。

この時、アオがなぜワインを作ろうとしているのか、すこしばかりわかった気がして、エリカは、力強く発酵する深紅の液体をいつまでも見ていた。


物事の光だけ見ようとする人、影だけを追ってしまう人、光と影の両方見ることのできる人、がいる。いや、ほんとは誰もが、時としてその三つを行ったり来たりしているのだろう。でも、アオはそこのところをすっ飛ばして、光にひたすら向かっていく人、なのではないかと思っている。ただ、その光がどこにあるかがわかっていれば比較的楽なのだが、それすら探さないといけないとしたら、それは暗闇の孤独が無限に続くことになる。たいていはその恐怖や苦しみに耐えられず、折り合いをつけて生きていく。その折り合いをまったくつけない人間を、見つけた、と思った。ああ、こんな風にいつも生きたいと思ってできなかったのだ。

アオが話していた言葉たちを想いながら、エリカはいつの間にか、春先にしか見ることができないという『葡萄の涙』を、見てみたいと思い始めていた。

この頃、エリカは、町の人間の一人としてもう十分に受け入れられていた。町に自分の占める場所がしっかりとできていたのだ。

だから、エリカの計画した収穫祭の日には、たくさんの町の人たちが摘みたての秋の食材を持って三々五々やってきた。

なかでも、エリカと気が合ったのはリリさんという女性だった。色が白くて透けるような茶色い髪のぽっちゃりした人で、年のころは六十ぐらいなのだろうか。白樺の皮で籠を編んでいる籠職人だと言っていたが、なんでも作れてしまうという器用な人だった。リリさんや町の人、いつものメンバーであるアサヒさん、月折さんとロクが食材を持って集まってくる。この日、エリカはいつもよりもさらに感謝と喜びの気持ちで食材に向かう。秋の食材は、また、料理心を喚起させ、イメージを広げてくれる。さて、何を作ろう。

分厚いベーコンはグリルに。トカチマッシュルームは、トマトとガーリックで炒めよう。鶏肉はなすとパプリカでトマト煮込みにしよう。どれも、赤ワインと絶妙のコンビだ。

予想通り、ひとり牛乳、他の全員は赤ワインで乾杯した。乾杯は何度しても、いい。

おいしいワインを飲みながら、エリカはリリさんに尋ねた。

「そんなの人それぞれじゃない？　いろんなワインがあって選べるっていいじゃない？」

と、屈託のない笑顔でワインを飲んだ。その通りだ。

——土くさいワインだって、いいじゃないか。

それより、葡萄の木が喜ぶことをしてあげた方がいいのではないか、そうエリカは考え始めていた。葡萄は、水はけがよく、太陽の光をたくさん浴び、なおかつ冷涼なところが向いている。そのどれもがここにはある。ここは、表面こそ泥質の土だが、その下は水はけがよく、斜面だから日差しを浴びやすく、気温も湿度もそんなに上がらない。エリカは、自分が葡萄だったら何をしてほしいか考え続けた。エリカが、心地よいと感じたり、わくわくしたりするものの中で、この葡萄の木たちが経験していないもの、それはなんなのか。

——音楽だ。

ロクは木琴が叩けるし、リリさんはギター、アサヒさんはラッパが吹けるし、月折さんも練習すれば太鼓くらいは叩けるだろう。わたしは、もちろん、ヴァイオリン。五人で音楽隊を結成して、葡萄の木に聴かせるのだ。きっとアオも喜んでくれるに違いない。

夜な夜なエリカのキャンピングカーに集まって、狭いマットの上に五人がひしめき合いながら、楽器を作り練習を重ねた。ひどい演奏も、二週間経った頃には、そこそこ聴けるほどのハーモニーになっていた。

キャンピングカーの扉を開けて、五人は音楽を奏でながら飛び出した。斜面に広がる葡萄畑を練り歩く。気持ちがいい風とともに音楽が山あいまで響き渡った。エリカは、葡萄の木が喜んでいるように思えて、どんどん楽しさが増していった。

「葡萄の木に音楽を聴かせるのはいいんだって。きっといい味になるよ」

エリカは、こぼれるような笑顔でアオに駆け寄った。

「やめてくれ!」

アオは、烈火のごとく叫んだかと思えば、まっ青になってぶるぶると震えながら耳を押さえた。そうして何かを叫び続け、そのまま地面にうずくまってしまった。

エリカは、一言も何も言えず、息さえも、できなかった。

カヴァレリア・ルスティカーナとピノ・ノワール

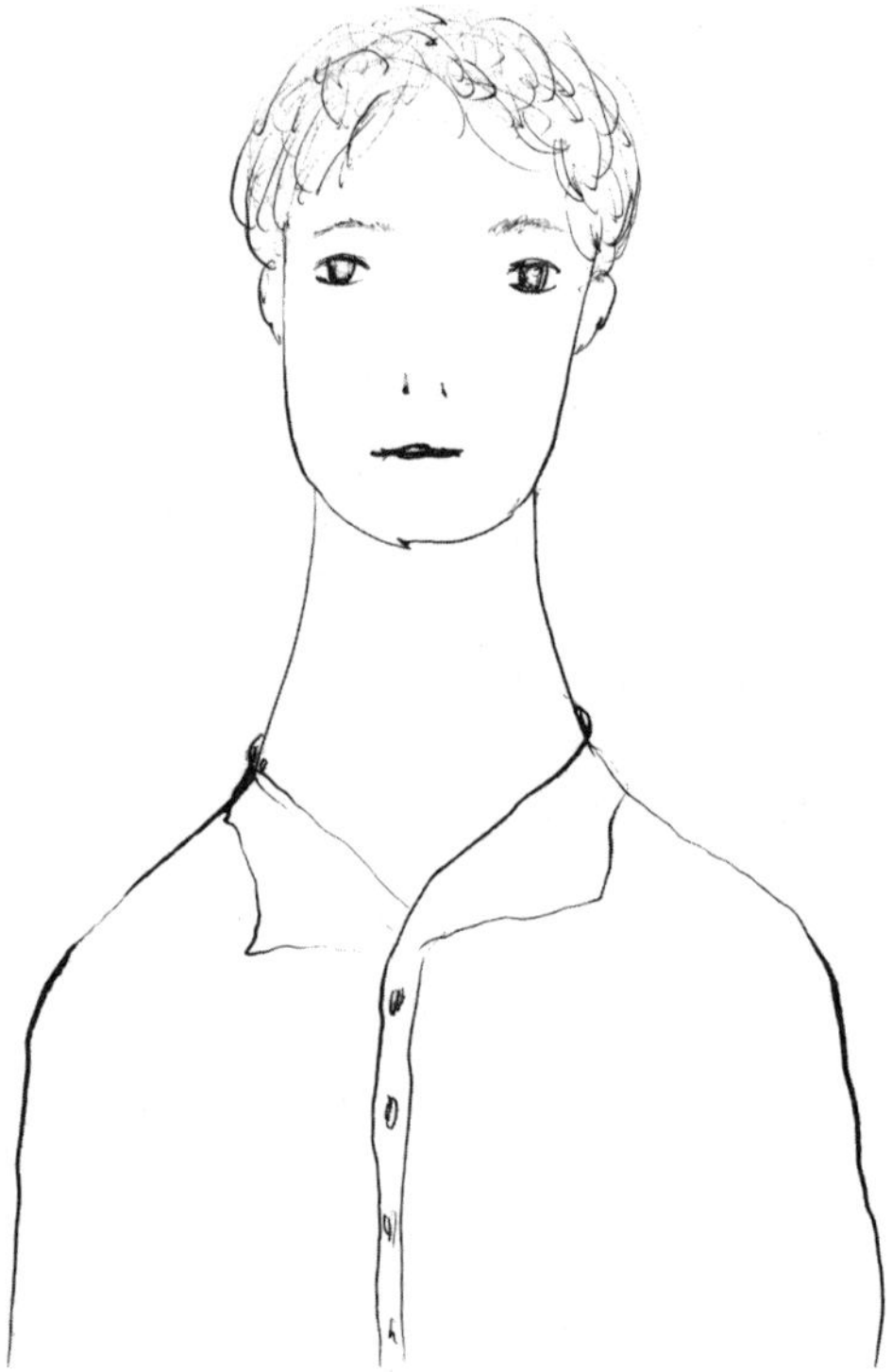

その日、いつもは左袖から通すシャツを右袖から通したのだ。なぜだかわからないが、ちょっとした違和感があり、それに気づいた。この日のために新調した白いシャツだったからかもしれない。シャツだけではない。カシミア生地の黒いジャケット、同じ生地のスラックス、カマーバンド、おそろいの黒い蝶ネクタイ。数々の指揮者たちが仕立てたという神戸のテーラーにオーダーした。内ポケットには青い糸で名前の〝ａｏ〟と刺繍が施してある。

丁寧にそのタキシードを身につけた瞬間、みごとに体に沿って、美しいスタイルを作った。これこそが鎧だ。俺の鎧。この鎧で、二千人の観客の前で今日は『カヴァレリア・ルスティカーナ』の指揮を振る。

フィルハーモニーの常任指揮者になってすぐに、最初に演奏したい曲はなんだと聞かれ、少しの間うつむいて、そしてゆっくり〝カヴァレリア・ルスティカーナ〟、と小さな声を発した。どうしてその曲なのか、と尋ねられると、

「旋律が、美しいから。……いや、美しすぎて悲しいから」

そう答えた。だけど、本当の理由はちがう。この曲でないと、意味がないのだ。


「空知《ソラチ》？」

「ええ。わたしが生まれた場所です。北海道の、そうですね。中央よりちょっと西の方でね。十七歳までそこで育ちました」

「北海道なら、やっぱり寒いんでしょうね？」

国際コンクールに出るようになってから、いくつものインタビューを受けていたが、生まれ育った北海道の話を聞かれるのが一番嫌だった。その流れで、必ず、クラシック音楽との出会いを聞かれるからだ。そんな僻地でどうしてクラシック音楽を？　とでも言いたいのだろう。俺は、その質問をいつも、空知は積雪量が二メートルくらいになる時があるんだとか、こんなおいしい店がある、という音楽とは関係ない話で、はぐらかしていた。

空ヲ知ルと書いて空知。その名前を親父のムスブは、気に入っていた。空を見上げては、自分のためにあるような土地の名前だと微笑む。

親父は、毎朝五時には泥のついた素足で小麦畑に立つ。

「まだまだだな」

そう言いながら、後ろ手に両手を組んで畑をゆっくりと歩き回る。土の表面をひとつひとつ、足の裏全体で感じとるのだそうだ。

小麦の一本をちぎり、穂の部分を両手でもみ、手を開くと、ふうっと大きく息を吹く。すると、籾殻が風に乗って飛んでいき、小麦の実だけが残る。それを指でつまんでみては、水分を含んだ小麦の湿り具合、色、その感覚で、親父は刈り取る時期を見ているのだ。広い土地だから、日の当たる場所、水はけのよい場所、悪い場所によって育ち方が大きく変わってくる。このあたりをいつ頃刈ろうか、見極めるのが、この季節の仕事だった。空知の夏のはじまりと言えば、こんな風景しか思い出さない。

「何を大切にしながら、指揮を振っていらっしゃいますか?」

「譜面とじっくり向き合います。作家との対話ですね。作品から、その作家は何にどう感じていたのか、ここで何を表現しようとしたのか。きっと、こうなんじゃないか。いや、こうだろうか、といつまでも対話します。その人から吐き出されるものというのは、なんであってもその人であると私は考えます。言葉であっても音符であっても、それはその人のすべてです」

すべて、と言った途端、言葉が出てこなくなる。

「感覚すべてで見ることだ。それが育てるということなんだよ。目で見て、手で触り、匂いを嗅いで、穂が風でそよぐ音を聞き、どんな味がするのか口に含む……あとは……ここだ」

と胸を指差す。

「心が動いた時、それを無視してはならない」

感情、を見逃してはいけない。感情を、抑えたり、ないことにしようとすると、いつか、知らない自分がそこにいることになる。なぜか楽しい、なぜか心躍る、なぜか惹かれる、なぜか不快、なぜかもやもやする、なぜか納得いかない……。

瞬間瞬間に、よきも悪しきもあらゆる感情が生まれる。感情こそ、けっして見逃してはならない。そこにしか、自分は、ない。

こんな話をする時だけ、寡黙な親父が雄弁になる。

「アオ、見てみろ。小麦は毎日毎日、ちがう。変化していくんだ。育っているんだよ。空もまったく同じものはひとつもない」

親父は、なんでもわかった風な物言いをする。所詮田舎者のくせに。空知という土地しか知らない、小さな世界の中で生きている小さな生き物。何も変わらないのはあなただと、アオは心の中で呟いた。

「もちろん、指揮者として演奏家の得意な部分を探り、そこを引き出しながら、たまには抑えながら全体としてバランスのとれた演奏を目指しています」

「ご自身では、楽器は何かされるんですか？」

言葉に詰まった。俺が最初に覚えた楽器は、ハーモニカだった。

「教養程度のピアノくらいですかね」

話をそらした。

「わたしは、自分の考える美しいものを聴いていただきたいのです。その美しい演奏は一瞬の出来事で、もちろん消えていくわけですけれども、お客様ひとりひとりの心が感じるものがあれば、それはその人の中で永遠に残るわけです。たとえ、脳の記憶から消えたとしても、体の記憶はそんなに簡単に消えないと思っていますから。そういった記憶の積み重ねがその人を形成しているとわたしは考えています」

「体の記憶に残る……ですか。一時ではないと？」

「ええ。喜びの記憶、苦しみの記憶。どんな記憶も記憶というのは、体から消えないと考えています」

「なるほどなるほど。確かにアオさんの指揮する演奏は圧倒的に美しいと評されていますし、そういったものというのは、威力がありますよね。ですから記憶に残る気がします。アオさんの指揮する演奏を聴くと、知らない間に自分というものに大きく作用するってことですね」

と、インタビュアーは、うまくまとめたと言う風に満足げな顔で笑った。

「では、アオさんにとって、美しいというのはどういうことですか？」

「汚れのない、本質が見えるものです」

「本質……ですか。わたしなんか個人的には、単純に音楽で酔わせてもらいたいと思います。だって、日頃、生きていたら辛いことばっかりじゃないですか。演奏を聴いている時は、すべてを忘れさせてくれる。それくらい、酔わせてもらいたいって思います。あ、すみません。素人なのに生意気言っちゃって」

「いやいやその通りです。あらゆる芸術は、ある種の現実逃避であるべきだと思っていますからね。酔うというのは大切ですね。わたしも、ワインでよく酔っていますよ。ハハハ。わたしの音楽で、酔っていただけたら、幸せですね。フィルハーモニーの演奏家たちとそんな音楽を目指したいと思います」

無防備で素直な若いインタビュアーが去った後、鏡で自分の姿を見る。仕立てた服は素晴らしいが、田舎臭い顔だ。ちっとも洗練されてない。

クラシック界では大概、小さい頃からピアノやヴァイオリンに触れているし、権威ある先生に師事しているのが常識だ。家族が音楽一家だったり、少なくとも家でクラシック音楽のレコードを聴き、コンサートにも出かける環境に育っている。

俺は、北海道の小さな町で小麦を育てて空がどうのとか言っている土まみれの父親と、まるで欲望というものがないのではないかと思わせるほど運命を受け入れる弟と、野球をして、たき火をして、ハーモニカを吹いていただけだ。文化的な生活とはほど遠い。

俺が十二歳の時、弟のロクが生まれて家族が四人になった。親父も母さんも嬉しそうだったし、親父は張り切ってロクのために木でいろんなものを造った。

おもちゃはもちろん、鶏小屋や風車まで作って、俺たち家族、特に母さんとロクは、それらの完成を喜んだ。ロクが言葉を話せるようになると母さんは、二階にテラスを作って、ここで四人でごはんが食べたいわね、と言い、父は母のために木材を買ってきて、黙々と作っていた。ロクの三歳の誕生日は、このテラスで家族四人で祝う予定だった。


その日、とても晴れた日で、沿道には野花が咲き乱れていた。ロクと母さんが花を摘みに出かけた帰り、踏切近くで、ロクがつないだ手を離し線路に向かって走り出した。飛んでいく蝶を追いかけたのだ。ロクは、電車がやってきていることにまったく気づいていないまま、線路にとまった蝶をつかまえようとした。母さんは、遮断機を越えて、ロクを突き飛ばした。そう、警官のアサヒさんに説明された。

ロクは、助かったが、母さんは、助からなかった。

亡くなった時の母さんの顔は、天使だと思った。俺とロクを生むために地上に降りた天使なのではないか。

――仕方なかったんだ。

でも、想像する。してしまう。

ふと、ここにいるのがロクではなく、母さんだったら。ロクがいなくて母さんがいる、そんな世界もあったのかもしれない、と。

この子のために母さんは命を懸けたんだからと、できるだけロクには優しくした。兄ちゃん、ハーモニカ聞かせて、と言えば、ロクが寝るまで吹いて聞かせた。たいした距離も投げられないキャッチボールは面白くもなかったが、日が暮れるまでつきあった。でもたまに、ロクの好きな木の人形を黙って隠したりして、ロクが泣き叫ぶのを見ては、よしよしと頭を撫でたりもした。

「そのうち見つかるさ」

俺は、田舎によくいる純粋で優しい少年ではなかった。

母さんの作ったビーフシチューが、食べたくなる。

フライパンに空知で作られる菜種油をひいて小麦粉をまぶした肉を焼きつける。その、じゅっという音と匂いで俺はもうキッチンに降りてきた。肉を焼いた油で、人参と玉葱を炒める。それらを大きな鍋に入れると、赤ワインとトマトのざっくり切ったものを放り込み、庭で育てた月桂樹の葉をのせて煮込むのだ。バターと小麦粉を三十分かけて、ゆっくり炒めて自家製のルーを作る。これを鍋にとかしながら、母さんは味を見る。塩をパラパラとふったら、あとは四、五時間煮込めばいい。だけど、肉の焼ける匂いがしてから、完成まで我慢するのが大変だった。

「畑で働いてきたら、あっという間よ」そう、言いながら母さんは両手でよく、くるくると木べらをまわしていた。

ビーフシチューに、親父の作った小麦で焼かれた白パン。八列とうきびを茹でてバターをとろりとかけたもの。それらが夜ごはんのテーブルに並ぶ。

レシピは同じだ。けれど、ビーフシチューだけは、何度作っても母さんが作るものと同じおいしさにはけっしてならない。そのたび、大人げない俺は、静かに小さないたずらをロクにするのだった。

母さんは、農具が納められた石蔵の中の木の丸椅子によく座っていた。蔵でも光が欲しいと、小さな窓を作り、そこから差し込む光を眺めていた。

外に出れば空が広がってる。なんで、そんな小さな窓から空を見てるんだ。

無神経な親父は、よく母さんにそう言っていたが、俺にはわかる気がした。小麦畑をやりたいと言って借金をして始めた男と結婚するんだ。けっして楽な生活じゃない。親父は自分のやりたいことをやっているからいいだろう。でも母さんは？　こんな暮らしをしたいのだろうか？

ロクは親父に似ていたが俺は母さんに似ていると思う。

「わたし時々、父さんにいたずらするの」

「どんな？」

「すっごく汚れた……例えば土いじりした時とか、農具に油をさして油まみれになった時とかね、手をふくのは、父さんのタオルでふいてるの。それを知らずに父さんが、顔をふく時に母さん、ちょっとくすっと笑ってしまうの」

俺は、吹き出した。

「父さんの大切な帽子、探したけど見つからないでしょう？　あれね、ここにある」

そう言って蔵の棚の奥から出してきた。

たいした悪人にもならないけど、純粋でいられるほど無神経でもない。

母さんは、自分と似ていると思ったのだろう。

「アオ、あなたは好きなことやればいいのよ」

母さんの、快い感じでにこにこしている顔を、小窓を通して差し込む月の光がくっきりと照らし出していた。


そんな母さんがいなくなって、親父とロクと俺、の男三人になった。失うと、気づくことがたくさんある。俺と親父の会話は、母さんを介して成立していたのだ。俺が話す。母さんが受けて親父に振る。親父が答えて、母さんはそれを俺に投げた。親父が俺に直接何かを話すのは畑の中だけで、俺からすると、説教だけだった。何気ない会話、というものが親父と俺にはできないのだ。

母さんが買い物からふと戻ってくるのではないか、蔵に行けば、一人、木の丸椅子に座って、農具を磨きながら窓を見上げているのではないか、いつも、そんな想いにかられた。


俺と親父の会話は少なくなっていったが、それでも、幼子のロクの泣き声や笑い声がちいさな灯火となった。

「ロク!」

俺は、口を膨らませて、おたふくのような顔をして、隠れていたソファの背から顔を出した。ロクはころころと笑い出し、真似し始める。

「ロク、ロク」

と、今度はチェストのウラに隠れていた親父がロクを呼んだ。顔をできるだけ引っ張って目は線のように細くなっている。ロクは、親父を見て笑って追いかけた。こうして、ロクは笑い転げながら、二人の間を行ったり来たりする。突然俺は階段のウラに隠れた。ロクが俺を探し出す。その間に親父も隠れる。急に静かになった部屋の中で、たった一人になったと思ったロクが不安な顔になり、泣き出しそうになる。泣き出す寸前にロク、と名前を呼んで二人して階段の隙間からおもしろい顔を出すと、父さん、兄さんと呼びながら走ってやってきて抱きついた。親父と俺は、おもしろい顔のまま見合い、いつの間にか自分たちがおかしくなってきて、二人して大笑いしたこともあった。

だがロクは、もしかしたら、頑張って笑っていたのかもしれない。母さんを亡くして、世界が変わってしまった。まるで、三人で母さんのいない違う世界に迷い込んだようだった。親父と俺は、母さんがやっていたことを分担する。だが、ほんとうは母さんにやってもらいたいというロクの想いが伝わってきて、いらっとしては、いや、自分がしっかりしなくては、とそれを抑えた。

ロク自身、自分がいけないんだと感じていたのかもしれない。いつのまにかロクは自分の要求を言葉にしなくなっていった。だからだろうか。それまで、自分でトイレに行くことができていたのにおもらしするようになった。体全体で恥ずかしがっているロクの体からパンツをおろし、俺はおむつに替えた。いちいち濡れたパンツを洗ったりしている暇もないし、おむつならいつおもらししても大丈夫だという安心感があった。十五歳の俺は必死で母さんの代わりをしようとした。だが、ロクはそれ以来、しばらくトイレに行くことはなくなった。以前できたことができなくなり、完全に退行していたように思う。

けれど、半年ほど経った頃だろうか。ロクが俺の耳元に顔を寄せて「ちっち」と言った。自分で、尿意を感じ、そしてそれを俺に伝えたのだ。俺は、驚きながらロクをトイレに連れて行き、親父を呼んで、大騒ぎした。すごいな、ロク。父さん、ロクが自分でちっちと言ったよ。ロク、おまえは、すごい。自信を漲らせた晴れ晴れとした顔でおむつを自分ではずしおしっこをするロクを見て、人間に戻った、と思った。おしっこが流れるのを見て、俺はこんなに歓喜に溢れた気持ちになったのは初めてだった。

俺は、そんな空知での暮らしのことは誰にも話さず微塵も感じさせずに、振る舞った。クラシック界では世界的なマエストロに弟子入りさせてもらい、一挙手一投足を見逃さず、注意深く、どんな汚いことでもした。まさに必死で背伸びして、できるだけ無表情に、しなやかにしたたかにここまできたのだ。

　このタキシードはきっと、みごとに俺の鎧になってくれるだろう。


　俺には、親父の特に嫌いなところがあった。

毎日泥だらけで仕事して、顔なんか皺だらけの小麦色で、鼻は少し赤いのである。寒い冬は、何枚ものウールの服を重ね着してみすぼらしい。

　何より嫌なのは、ごつごつとした指の深く刻まれた皺という皺に土が入り込み、指と爪の間にはびっしりといつも土が挟まっているところだ。親父は、その手で、パンを食べ、俺の頭や頬を撫でる。その時の土の鉄分の匂い……。土は親父の体の一部となっていることが、汚らしくて嫌だった。

「なんだ、この働かない手は」

親父にそう言われたことがある。俺の手は、親父と似てなくて、白くて指が長い。

「俺の手は、音楽を紡ぐための手だから」

そう言うと、親父は唇を少し緩めて何か言おうとしたが、すぐに言葉をのみ込んだ。


手がどこまでものびて、動かした指を追うかのように美しい旋律が奏でられる。自由になれた。指揮を振って、それぞれの演奏家の演奏が一つのハーモニーとして、バランスよく一つになって聞こえてくる時、音楽と一つになれた気がして、自由になった。もう、自分を縛ったり、苦しめたりすることは何もないのだ。これが、俺の『カヴァレリア・ルスティカーナ』だ。そして、この曲は俺の十八番と言われるようになっていった。


その一瞬、シャツを右袖から通したからじゃないかと頭によぎった。

まるで自分だけが水中に落ちていくように、いくつもの音がゆっくりと遠ざかる。

それはまるで自分の体全体が繭に包まれ、水の奥底に向かいながらもどこにもいないような感覚になる。演奏家たちが、心配そうな顔で俺を見ている。舞台のソデで誰かが何かを言ってる。音が小さい。もっと、大きく。もっとうねるように弾いてくれ。手の振りがどんどん大きくなる。もっとだ。もっと。もっと大きな音を。

――突発性難聴だった。突然に、両方の耳が聞こえなくなったのである。結局、あきらかな原因は見つからなかったが、いまから考えるとあれが予兆だったのかもしれないということはあった。耳鳴りとめまいがして、一瞬不安がよぎったが、疲れているのだろうと寝て、翌朝になると治っていたので気にもとめていなかった。豊潤に美しい音色がつねに自分の体の中に流れ込んできていたのに、あの時、よりによって演奏中に突然一切の音が聞こえなくなり、無音の世界にひきずりこまれた。

『カヴァレリア・ルスティカーナ』。

作曲したピエトロ・マスカーニは、この曲でデビューし、どこで演奏しても大喝采を浴びた。彼が悲しいのは、生涯この曲を超える作品ができなかったと言われているいることだ。一曲あればいいじゃないかと思うだろう。だが、人生は長いのだ。譜面を書いても書いても、破きたかったに違いない。

けれど、と思う。曲を作り続けて最初の曲を超えられない生涯と突然耳が聞こえなくなって、音楽から離れなければならない生涯。どちらが苦しみが大きい？　どちらが、時間を長いと感じる？

笑いがこみ上げてきた。そして涙とともに狂ったように笑い声をあげた。

聞こえなきゃ意味がないじゃないか。なぜ耳なんだ。舌を奪ってくれてもいい。片腕がなくなってもいい。目が見えなくてもいい。耳だけ返してくれ。

俺は碧い空を憎んだ。

すると、一粒の雫が、真っ青な空からまっすぐに顔に落ちてくる。その雫は、ゆるやかに頬を辿り地面に落ちた。碧空のくせに雨が降る。もう俺の涙は涙ではない。これは雨なのだ。次第にたくさんの雨粒が顔中に降ってくる。

――もっと降れ。もっと降るんだ。

大雨がいくら強く降っても、ひとつの音も聞こえなかった。

故郷の空知にある家は、親父が自分で木を削り、建てたものだ。遊び心がいっぱいで、家の前には風車が立ててあり、井戸から水を汲む。その家から広い丘を登っていくと、高台に〝運命の樹〟と呼ばれる木があった。そこから見る風景が俺は好きだったし、その木には〝そこで、立てた誓いは、いつか叶うだろう。けれど決して途中でやめられない〟という伝説があるとされていた。

あの日、俺は誓いを立てに来ていた。

——指揮者として美しい演奏を作り、人を喜ばせられますように、正しくお導きください。その言葉を口にする前に、僕は、家を出ます——

それなのに、その言葉を口にする前に親父が現れたのだ。俺の、その誓いを知ってか知らずか。

「アオ、見てみろ。空は広いぞ」

いつもと変わらない様子で空を見上げる。俺は、また空知の名前の話をするのかといらだった。

「俺、家を出る。音楽の勉強をする」

「音楽なんてどこでもできる」

反対されるのはわかっていた。親父は、俺が道内のジュニアクラシックコンクールの編曲部門で優勝した時のトロフィーや指揮部門の賞状を全部捨てたのだ。俺は知らないふりをしていただけだ。だからこそ、家を出る決心がついたのだ。

「ねぇ父さん、俺のトロフィーどうしたの？　全部なくなってるんだけど」

「あんなものは、何の役にも立たん……」

「捨てたんだろ！　父さんが」

親父は木の根っこにごろんと寝転んだ。

「……ひどいね。ひどいよ。音楽教えてくれたの父さんじゃないか」

「ただのハーモニカだ」

「ハーモニカだって立派な音楽だ」

「……まだまだだな、おまえは。音楽なんかで生きていけないだろう……生きていけなきゃなんにもならん」

泥がたくさん染み込んだ服を重ねすぎて膨らんだ親父が、汚く思えた。この人には永遠にわからないだろう。

「わからないよ、父さんには。……一生」

親父は黙って目を閉じて、胸の上で手を組んだ。仰向けになった時いつもするくせのようなものだ。その手は、節くれ立っていてとても分厚く、土にまみれている。親父は親指のささくれをむしった。その指から血がにじみ出てくる。そのささくれと血の嫌悪感で一歩下がった。俺は、こんな手にはならない。

「俺は、父さんみたいに土にまみれて生きたくない。だったら生きていたくない」

これが、俺が親父に言った最後の言葉になった。

そして、運命の樹からは1ミリの風さえ吹かなかった。

帰巣本能なのかもしれない。

耳が聞こえなくなった俺は、運命の樹と呼ばれる大きな木の前に立っていた。家にあった親父の斧、そう、薪を割る時に使っていた一本の斧を手に持って、いつの間にか立っていた。そうして、うつろな目でその木を見上げる。ここで、誓いを立てられなかったからなのか……。小さな風が吹いても、葉が揺れるその音さえも聞こえない。何もかも終わりだ。

大きく息を吸って、斧を頭の上に構える。

このまま頸動脈を切れば、苦しみは終わるのだろうか。斧を高く振りあげた。このまま一息に。自分の息の音でさえ、もう聞こえないのだから。

ここからの出来事は、まるで寓話としか言いようがないものだった。

大きな木から強い光が差し込んで、眩しくて目を瞑る。まぶたを開けると、地中からのびた緑色のつるが太い幹にぐるぐるとまきつき高い枝までのびている。そのつるから、一房の葡萄がぶら下がっていた。光を受けて、中の水分が透けて見える。光の粒だ、そう思った。圧倒的に美しいその一房に思わず手をのばし、ちぎってみる。手のひらにおさまるくらいの小さな葡萄。かじってみる。酸っぱくて甘い香りが濃厚に口の中に広がって、心を包み込む。俺は、むしゃむしゃと頬張った。

なんだよ。また親父かよ。なんだよ。目から大粒の涙がこぼれた。この木の根っこに葡萄の木を植えたのは親父のムスブなのだ。なんだよ。なんだよ。なんだってあいつじゃないか。

そうなのだ。『カヴァレリア・ルスティカーナ』でなければならなかった理由は簡単だ。

親父が吹いていたハーモニカは、いつもこの曲だった。つまり、俺の最初の音楽は、親父の吹くこの曲のハーモニカなのだ。どうしてこの曲を吹けたのか知らない。でも、この曲を聴いた時、体温が二、三度上がったと思う。初めての高揚だった。こんな気持ちにさせてくれるものが世の中にあるなんて。一瞬にして、この曲は俺の心を占有した。

運命の樹にまきついていた葡萄、それは、ピノ・ノワールだった。

調べてみると、そう呼ばれるワイン用の品種だとわかったのである。山葡萄ならいざ知らず、なぜ親父がこんなところにピノ・ノワールを植えたのか。いくら考えたところでわかるはずもない。

――きっと、ワイン用の葡萄と知らずに植えたのだろう。親父が、ワインのことを話しているのを聞いたこともないし、ましてやワインを飲んでいる姿なんて見たこともない。

ただ、ピノ・ノワールは、俺にある光景を思い出させた。

昔、演奏公演のために渡仏したパリでよく飲んだ覚えがある。俺は、赤ワインが飲みたかったのでブルゴーニュのピノ・ノワールを頼んだ。若いうちから、華やかな香りと美しい官能的な味わいが楽しめるからだ。

À votre santé!　乾杯！

パリの酒場で、ブルゴーニュのピノ・ノワールをグラスいっぱいに注いだ男や女たちが乾杯する。それぞれ明るい紅色のワインを眺めて、待ち遠しそうに顔をグラスに近づけていく。鼻から大きく息を吸いながら香りを嗅ぐ。そして、ようやく唇にグラスのふちをあてて、紅色の液体を流し込む。舌の上にゆっくりと広がる。瞳を閉じて、味わいに集中する。そして、ごくりという音とともに、紅色の液体はのどを通っていき、体内にすとんと落ちる。

男も女も、一斉に、ほころんだ。口々に話しだす。そして、一人の男が、

「俺はいま、しあわせを飲んでいる」

と感嘆の声を上げた。

それが繰り返されるたびに、ピノ・ノワールは人々の顔を紅潮させ、リラックスさせ、うっとりさせ、高揚させ、笑わせた。それはまるで、美しい音楽を聴いた時と同じ、至福を味わう表情だった。

耳の聞こえなくなった俺の心を奮い立たせたのは、美しい葡萄の存在だけではなく、ワインを醸造する過程の、ある一瞬である。それは、何もすることがなくなって、静寂の世界に身を沈めるしかなかった頃、ピノ・ノワールを知るために訪れたある醸造所で見た光景だった。

搾られた葡萄を、種や皮と一緒に樽の中で寝かせていると、最初に発酵する瞬間がくる。静寂の中で深紅の液体が、突然ブクッと泡立つ。そしてまた、ブクブクッ。やがていくつもの泡が広がっていき、そこここでブクブクッと次々に泡を立てる。これが、一次発酵と言われるものだ。ブクブクブクブク。ブクブクブクブク。

それを見て

――生きてる、

と思った。

いや、これは

――生まれる瞬間だ。

葡萄の果実として一度死んで、ワインという別の生き物に生まれ変わる……

再生の瞬間なんだと、思った。

何度でも生まれ直す。

この時、この葡萄の再生の瞬間を、自分の目に焼き付けようといつまでも見ていた。


そうだ。

酔わせよう。

あの、ひと時話しただけのインタビュアーの言葉が出てきた。

この美しい葡萄を永遠に閉じ込めて、人々を酔わせよう。パリの酒場で見た人たちのように。

音楽ではなく、今度はワインで。

体温が二、三度上がり、それを飲んでいる時は、すべてを忘れられるくらい酔いしれるワインを俺は、作る。

今度こそ俺は運命の樹に誓った。すると、立っていられないほどの強い風が吹き、俺は丘から駆け降りて自分の家に入っていった。階段を駆け上がり、扉を開けると、俺の部屋は、出ていった時のままだった。古びたバットやグローブ、こづかいで買い集めたクラシックのレコードたち。そして、ハーモニカ。

俺は、ハーモニカと初めて買った『カヴァレリア・ルスティカーナ』のレコードを、決別の儀式のように奥の箱にしまった。

そして、次の日から、運命の樹の見える広大な斜面に、一本一本丁寧に葡萄の木を植え始めた。

灰色の空

疑似家族のような関係で、長く居すぎてしまったのかもしれない。

アオとロク、そしてアサヒさんや月折さんやリリさんたちの存在がエリカを居心地よくさせていた。仲がいいということだけではない。お互いがきちんと向き合い、一緒に笑ったり時には傷つけたりして、その人の人生の一部の時間を共有するということを、ここに来るまでの長い間避けてきた自分に、エリカは気がつき始めていた。

だからだろうか。それとも晩秋に聞かれる邯鄲《かんたん》の鳴き声には、体の奥底にしまいこんだ記憶を浮かび上がらせる力があるのだろうか。ルルルルルルルルル。ルルルルルルルルー。そんな虫の鳴き声が耳から体に染み込んでいくと、エリカは、自分の足下がふらついているのを感じた。岸田怜子の白いワンピースを着た後ろ姿の記憶を鮮明に思い出してしまったからである。

エリカが幼い頃育った家は庭が広く、森と言ってもよかった。針葉樹の木が何本も生い茂り、空を覆っていた。

あの日、母親がいなくなる夢を見たエリカは、目が覚めてすぐに母親のベッドルームに行ったのだが、母のベッドに姿はなく、庭に探しに出た。おそらく、裸足だったと思う。彼女の影が霧の立ちこめた森の中へ消えていったように見えた。お母さん、と呼びながら、追いかけたが森の中には自分の声が響くだけで、ただしんとした冷たい空気が、エリカを不安に追い込んだ。その時、たった一筋、柔らかい光が霧に浮かび上がり、それに誘われるように光源に向かっていった。

森を抜けるとそこは、広い草原であった。それまで、そこに草原が広がっていたなんてまったく知らなかったが、その草原の太陽と一直線の光の中に、白いワンピースを着た母が、立っている。母は、まっすぐに太陽に向かっていた。

何かを決意した背中の美しさ、誰も母を邪魔することはできない、そんな強さで満ちあふれていた。エリカは、その後ろ姿に近寄ることもできず、ただ見とれていた。

「エリカ」

母が背を向けたまま声を発した。気づいていたのだ。エリカは、喜び勇んで駆け寄った。

「エリカ、いいものをあげる」

母は、そう言って振り向いた。

「むかーし、むかし、海の底にアンモナイトが住んでいました」

「アンモ、ナイト?」

「そう。いまはもういないの。環境に馴染めずに生き残れなかった生き物……。でもね、何億年前までは生きていたの。その証よ」

そう言って、エリカの手に小さな白いアンモナイトをのせた。それは、うずまき状の形をした白く玉虫色に輝く美しい貝殻のようだった。エリカの小さな唇が動いた。

「きれい……。これは、ずっと土の中で眠っていたの?」

母のその時ほど美しく、力に満ちて、それでいて悲しい笑顔を見たことがなかった。

ルルルルルルルル。
ルルルルルルルル。

邯鄲の声が鳴り止まない中で、エリカは、立っていられなくなる。自分が掘った穴でただ座り込み、自分自身がルーツから逃げ続けていることに震え上がった。すべての道が、母、につながっている。つまり、一番大事な根っ子の部分に一番大きな折り合いをつけてしまっていたのだ。

そんな自分が、アオの過去に気づかずに差し出がましいことをしてしまった、とエリカは恥じた。音楽を聴かせて以来、アオは、また笑わなくなってしまったのだった。

――ごめん。アオ

そう、何度も謝ろうとしたが、アオの背中があまりにも拒否しているように感じて、自分のふがいなさに何も言えないまま、眠れない日々が続いていた。

アオは、この土地に帰ってきてから、片方の耳だけは次第に聞こえるようになったが、細部の音を認識しなければならない指揮者に戻ることは不可能だったという。

アオが指揮者をやっていた時、どんな演奏を目指していたのかわかる？　とリリさんは静かに語った。

——美しく、バランスのとれた、洗練された音楽よ。ごめんね。黙ってて。でもわたしも、そろそろ音楽を聴いて彼が元気を出すかもしれないと、少しだけ期待したのよ。


エリカは、畑に立つアオを見た。

アオの、この土に対する反抗の努力は痛ましいほどだった。

ブルゴーニュのピノ・ノワールのように果実味と土っぽさのバランスがとれた美しく洗練されたワインにするために土の質を変えようとして、貝殻を細かく砕いたものを畑全体に撒き続けていた。

彼はいま、指揮者としてやり続けられなかったものを、そのままワイン作りでやろうとしている。〝美しく、バランスのとれた、洗練されたワイン〟。

「ねえ？　どうしてダメなの？　土くさいワインじゃダメなの？」

エリカがアオに向かってやっと発した言葉は、そんなことだった。どうしてだろう。エリカには、アオが自分の生まれた土地と自分自身を否定しているようにしか思えないのだ。

アオはしばらく黙っていたが、顔を火のように火照らせて苦々しくこう言った。

「土くさいワインなんてここなら誰でもできるんだよ！　固くてざらざらしてる。もっとバランスのとれたまろやかで、果実味のあるワインにしたいんだ」

「ここの味がするって大事じゃないの？　ここは、ブルゴーニュじゃない！」

エリカにはわかっていた。アオがブルゴーニュのピノ・ノワールとおなじ味わいのワインを目指しているわけではない。もちろん、その土地によってワインの味が違ってくることをアオがわかっていないのではないのだ。ただ、この土くささを嫌悪するあまり、それを抑えることに躍起になっている。

エリカの言葉は、アオの耳に聞こえているはずなのに、もう何も届かなかった。

そんなこととは裏腹に、エリカの穴は、とうとう石灰質の地層が見え始めた。白い土が混ざってきたのだ。それは、その地層部分が海だったことを意味していたのだった。

すべての収穫を終えた葡萄畑は、赤く染まった葉だけが残り、その葉もやがて散っていった。葡萄畑は丸太の支柱と支柱との間に張られたワイヤーを頼りに巻きついた葡萄の木だけになって、土と渋茶色の世界に変わってしまっていた。

その頃、エリカの穴は、すでに三メートルに到達していたが、アンモナイトは見つかっていなかった。これ以上の深さになるとかなりの危険が生まれてくるのだが、でも、ここでやめるわけにはいかない。

十一月のその朝は、灰色の空だった。

一本の葡萄の木に細菌が入ってしまったのか、接ぎ木した部分に大きなこぶが連なってできているのをアオは発見した。病気だ。素人のエリカが見てもわかる。こうなってしまうと、他の木にも感染している恐れがある。アオは、黙々とその木をのこぎりで切り、シャベルで根こそぎ掘り出した。

その隣も、そのまた隣の木も発症した。アオは、それを丁寧に切り取り、他の木に影響のない風下で燃やした。

その秋は、アオにとって試練の時期と言ってもよかった。

去年収穫した葡萄のワインがちょうど、飲めるようになったころ、アオはロクとエリカを呼んで試飲した。樽から木杓で取り出されたワインがゆっくりとグラスに注がれる。アオは、光にかざして色を見た。くるくるとグラスをまわし、香りを嗅ぐ。ほんの一瞬眉をひそめたが何事もなかったように平静に戻って、ゆっくりと口に含む。アオの顔が、今度は大きく翳り、ワインを床に吐き捨てた。

エリカが飲んでみると、それは、ただ土っぽさが歪んだ形で押さえ込まれただけで、果実味もなく、単調な味となっていた。アオは唇を固く噛み締めて、しばらく黙ったままだったが、

「前より悪くなってる」

と目をうつろにさせた。

「……ここの土は向いてないのか」

「そんなことないはずだよ」

ロクの発した言葉は聞こえていない様子で、アオの顔には、自分を恨むような切なさのみが溢れていた。

アオは、畑に駆けだして、ひとつひとつの葉に問いかけた。

――何が欲しい、何が欲しいんだ。言ってくれ。言ってくれよ。

一番古い木から新しい木までおよそ七千本もある葡萄の木は、ただ風にそよぐだけだった。


醸造所でアオは、取り憑かれたように資料を読み続けた。基本にしている植物生理学、土壌微生物学、植物病理学を何度も読み直していた。が、やがて自分の資料をすべて壁に投げつけて、黒板に書いたいくつもの数式や温度のデータを手で消していった。

そして、畑に飛び出して、今度は大量の土を口の中にねじ込んだ。そして、アオは、ううっと言うしわがれた声とともに、いくつもの涙をぽたりぽたりと大地に落とし続けた。


エリカは、そのアオの苦しいまでの涙が、大地に染み込んでいくのを、ただただ見ているほかなかった。その涙は、その日、とどまることを知らなかった。

――ロク

どうして、そんなに生き急ぐのでしょう。

ほんの少しだけ、僕の中に兄さんのワインが失敗すればいいのにと願う心がないと言えば嘘になります。

音楽のためだけに生きてきて、その望みが絶たれ、死のうと思った時に見つけたワイン作り。一刻も早く、自分のワインを作りたい、自分には時間がないのだ、そう思う気持ちはわかります。でも、生き急いでも、できないものはできません。なぜなら、自然を相手にしているからです。自然は、自分の力ではどうにもなりません。そんな当たり前のことを兄さんは何も学んでいないのです。木は病気にだってなるし、いい葡萄ができない年もあります。自分が努力すればするほど、その成果が出ると思っている兄さんは、自分の力では何ともならない、それを早く知る必要があるのです。ですが、それを教えてあげるかと問われれば、いいえと答えます。自然の中に生きて、誰でもすぐ気づくようなことを僕は教えてあげません。それは、僕の小さな復讐です。

普通の人から見たら、大げさでしょうし、馬鹿でしょう。耳が聞こえなくなって突然ワイン作りをすると言って有り金をはたいて、借金をして、ワインを作って失敗する。

兄さんは没頭したいのです。必死になりたいのです。自分のできる限りのことをやり続けたいのです。そうしないと、失ったものを取り戻せない、乗り越えられない、生きられない人種なのです。

――少し、痛い目にあわないと、この人はわからないんだ。

だからでしょうか。僕のそんな気持ちがあんなことを引き起こしていったのかもしれません。そして、それによってエリカさんの生き方を大きく変えていくことになってしまったのです悪夢の扉は、ひとつ開くと次々と開き続ける。

その日、醸造所の樽のひとつから馬小屋の藁のような臭いがした。これは、悪性の微生物発生を意味する。アオは、醸造所内の温度調節を失敗したのだ。ピノ・ノワールにとって樽はとくに大事である。香りをワインにつけてくれ、渋味や苦味も生み出してくれる木樽は、個性のないピノ・ノワールにとっては、それがひとつの味わいとなる。しかし、悪性の微生物が発生したその樽は、ワインはもちろん、もはや樽ごと廃棄するしかない。しかし、アオにはもうそれを買い足すだけの資金は残っていなかった。

次々と他の樽にも微生物が発生し、アオは、樽を五つ、石油をかけて燃やした。樽は、最初なかなか燃えないのだが、燃え始めると一気に火の柱が高くまでのびて、あたりに火の粉を舞いちらした。それはまるで、アオ自身の心を映しているようにエリカには思えた。最初はあきらめるつもりもないのに、樽の燃えていくさまを見続けている間に、もうダメなのではないか、いやもうダメだ、きっとダメだという絶望の声が強い炎となり、加速度的に燃え上がっていった。

——これからじゃない。

エリカは、胸の中でアオの背中にそう叫びながら、まるで自分のことのように、心が締めつけられた。アオの背中は、悲惨に叩き付けられるだけ叩き付けられた。それは、自分自身の再生をかけたワイン作り、それが立ち行かなくなって打ちのめされた姿だった。

——この人をなんとかしてあげなければ。なんとか救い出さなければ。

エリカがその感情に気づいたのは、川面に映し出された自分の顔を見た時だった。川の水でさっぱりと顔を洗い、ふと水面を見ると母親が出て行って父と暮らしていた時代の自分のような顔がこちらをのぞき返していた。失いたくない存在がある、そんな表情をしている。

人はそれぞれの考え方で生きていけばいい、人は人、私は私、自由こそ、と生きてきたのに。いつの間にか、この男に深く関わりたいという想いが生まれている。目の前がゆらゆらと揺れてうろたえているのがわかり、エリカは自分の顔が映る水面に、思わず石を投げ入れた。それでもなお、エリカはアオのことを抱きしめたいと思っていた。


ロクとエリカは、一日交代でアオの食事を作ったが、彼はほとんど手をつけなかった。ただ、一度だけ、何か言いたそうにしてやめたアオの顔に悲しい影が走った。

その次の日から、アオは、資金を作るために酪農の仕事に出るようになった。エリカには、自分の思いつくことを手当たり次第、がむしゃらにしているとしか思えなかった。

アオが働きに出ている間に、少しずつ葡萄畑は荒れていった。

——何をすればいいのだろう。

アオが、冷静に自分の土地と葡萄の木を見て、本当に作りたい味を見つけられるには、どうすればいいのだろう。どんな言葉も思い浮かばない。けれど、エリカが考えても見つからないまま、時だけが過ぎた。

長い冬の準備をしなければと、リリさんが言った頃、空には雪虫が飛んでいた。この虫が飛ぶと、ここでは二週間で初雪だと言われている。

白い石灰質の地層に囲まれて、エリカはまだ黙々と掘っていった。冷たい空気が鼻に入り、白い息がかすかに見える時がある。エリカは、アオを想って祈った。来年もそのまた次の年も、アオがワイン作りを続けられますように。そして、彼が自分自身納得のいくワインを見つけられますように、ただ、そう祈りながら掘っていると、かつん、という音がした。

シャベルに硬いものがあたった音だ。エリカは小さく息を吸った。

しゃがみ込み、這いつくばって土を払いのける。そして、手が止まった。大きな石の中に、まぎれもない、アンモナイトの化石の一部が見える。

ああ、吐息が漏れた。一億年前のアンモナイトがいま、こうして地上に出てきたのだ。

エリカは、青白い皮膚の下から喜びが浮かび上がってくるような表情で大きな石を取り出した。だが、その直後に、しんとした寂しい空気に心が吸い込まれていった。ここを出ていかねば。これで、ここにいる理由がなくなってしまったからである。自分の決めたルールだ。いや、でも……。

エリカはゆっくりと体を起こし、動けないまま、木々の葉のざわめく音をいつまでも聞いていた。

——ロク

その朝、丘の上を見ると、エリカさんの車がありませんでした。

エリカさんに掘られた、困った穴だけがぽっかりと残って、それはそのまま僕の心のようでした。

兄さんは、丘の上まで一気に駆け上がっていきました。けれど僕は、ああ、出て行ったのだと思いました。いつかエリカさんは出て行く人だと、僕も兄さんもわかっていましたが、突然起きたことにこんなに動揺している自分に驚きました。兄さんも、こんなに早くその日がくるとは思っていなかったでしょう。兄さんが、耳が聞こえなくなってから初めて心を通わせた人は、おそらくエリカさんだけだったと思うからです。兄さんは、エリカさんの丘の上で、しばらくの間、ふらふらとしていました。

僕たちはその夜、黙って夕ごはんを食べました。僕は、ビーフシチューを作りました。ビーフシチューは死んだ母が得意としていた料理ですから、いろいろと思うところがありましたが、そのメニューしか考えられませんでした。この日は、どうしてもあたたまりたかったのです。兄さんは、静かにスプーンで掬っては食べ、この日は少しも残しませんでした。

荒れ地に咲く花

その家は、神戸の山の上にあった。坂道を登りきったところに門があり、さらに長い階段が白亜の屋敷までまっすぐとつづいていた。

わたしは、車に乗ったまま、しばらくそれを見上げていた。母が、わたしと一緒に暮らそうと言った家である。わたしと日本で暮らすために建てられ、わたしをずっと待っていた家。いや、いまではもう待っていないだろう。わたしが二十歳の頃、十四年前まではそうだったというだけだ。わたしのためにと用意された部屋はきっと、物置なのか、来客用の部屋なのか、もしくは新しい家族のための部屋になっているのかもしれない。

オーガンジーのワンピースを着た少女が駆けてきて、わたしより若い夫婦が、気をつけて、と注意しながらも溢れる笑顔で登場するかもしれない。そして、その戯れる孫を追いかける老夫人……母が、わたしの見たこともない慈愛に満ちた笑顔で、杖をつきながら追いかけてきたりするのかもしれない。いや、見たくない。あの人は、家庭に向いてない人だったのだと思いたい。お父さんと私がダメだったわけじゃない。

――家族は、家庭は欲しかったけど、私達ではなかった。

そうではない。わたしは、昼間の太陽に背を向けるように長い時間ハンドルに突っ伏したままでいた。だけど、

――見なければならない。

意を決して車から降り、門を開けた。そしてわたしは、長い階段を上がっていった。

出迎えたのは、スーツを綺麗に着こなした初老の秘書だった。イギリスから母が連れてきたのだろう。白髪にブルーの瞳をしていた。

「こちらで、お待ちください」

そう、にこりともせずに部屋に案内した。部屋は、天井が高くとてもシンプルで、ソファとテーブル、その上には船舶の模型が飾られ、イギリスからの輸入品であろうファッションや食品関係の目録が並んでいた。母は、貿易業の会社を営んでいる、

と小さいころ叔母から聞いたことがある。

ティーポットに入った紅茶が出された。マリアージュフレールのボレロだろうか。香りが独特だし、母が昔よく飲んでいたので想像がつく。昔からそうだ。イギリス育ちなのに、わざわざフランスの紅茶を飲むのだ。

——痛い。

一口飲むと、口の中に小さい頃の痛い想いが蘇る。わたしたちが、暗闇に突き落とされた日。

会いたくない。いや、でも、今日母が会わないと言っても、娘は死んだと言われようと、この建物中を探しまわって母に会うつもりでいる。

そう決めているのだ。

日が西に、少し傾き始めた頃だった。

扉が開き、秘書が、艶気を含んだ低い声で、どうぞこちらへ、と言った。わたしは、長い廊下を歩きながら、この男が長年母に仕えてきたのだと思っていた。最初は気づかなかったが、母の声の発声の仕方によく似ている。秘書は、きっと自分が娘であることもわかっているだろう。

突き当たりの大きな彫りのある木の扉を秘書がノックする。二人の呼吸なんだろう、中からはなんの反応もないが、秘書はぎぃという音を立ててゆっくりと扉を開け、お連れしました、と報告する。どうぞ、と言われ、わたしは大きく息を吸って中に入った。その時、かすかに甘い香り、何の香りかわからないが、ただ、蜂蜜のような甘い香りが漂った。秘書が出て行き、二人きりの空間になる。白い壁には大きな絵画が飾られていて、荒波を進む一艘の船が描かれていた。その下にアンティークの木のテーブルが構えてあり、その奥に大きな革張りの椅子が背を向けて不動の姿勢をとっていた。そしてゆっくり机の下に目線を遣ると、白いハイヒールから細い足首がすっとのびていた。

母が、母が、目の前に、いる。

これが、六歳のわたしを捨てた人。

わたしは、動悸がしながらもからからに乾いた唇をなめて、ようやく言葉を発した。

「お金、貸してください」

強烈に恥、を感じた。自分のためだったら絶対この言葉をこの人にわたしの口からは吐いていない。だが、あいつが、あいつのためだ。おかしなものだ。正直なところ、この恥ずかしいという想いは、こんなにも人を強くさせると思わなかった。

「お金、貸してほしいんです」

静かな部屋の中はまるで、私たち親子の成れの果てのようだった。柔らかな光は母が座っている場所だけに差し込み、私の方は蔭が強くなる一方だった。


母は背を向けたまま動かなかった。わたしは、しばらく口をきけなかったが、意を決して一本のボトルを取り出し、母の机に置いた。

「どうしても、このワインを完成させたいんです」

しばらくの間があって、母は、初めて声を発した。

「どこで作ったの？」

それは、まさに艶気を含んだ低い声だった。

「ソラチです」

「ソラチ？」

「アンモナイトが、たくさん眠っているんです」

アンモナイトということに反応するのではないか、わたしは小さく期待して母を観察したが何も変わらず、大きく裏切られた気になった。

「アンモナイトを掘ってたら、馬鹿と出会ってしまって……」

その時、母の背筋が少しのびた、ような気がした。

椅子がゆっくりと回り、母の姿が露わになる。

——変わってない。

母は、変わらなかった。白いスーツに身を包み、厳しくそして美しい顔で私をじっと見た。そう、この人は母親だった時でさえ、このような顔をしていた。何も、変わらないのだ。一人の美しい女であり、人を圧倒し、誰もが彼女の判断を仰ぎたくなるそんないくつもの決断をする人の顔が、そこにあった。生活感が一切ない。折り合いを、つけてこなかった女の顔だ、と思った。

「いただいて、いいかしら」

母は、そう一言、投げた。


わたしは、ゆっくりとボトルを開け、アオのワインをグラスに注いだ。

「ずいぶんと土くさいわね」

口に含んだ母がさらりと言った言葉に、エリカは顔を上げた。

「そこがいいところなんです」

母は、突然笑いながら立ち上がって、庭に続くバルコニーを開けた。

「思い出した。エリカっていう名前をつけたいって言った時、あなたのお父さんはすごく反対して……」

そうして太陽の光が溢れる庭へ歩き出した。

「英語ではヒース〝荒れ地〟って意味だから当然でしょ」

わたしは小さい頃、この〝荒れ地〟という言葉の呪いをかけられたのだ。言葉には、呪いがある。

「……ちがうわ。荒れ地じゃなくて〝荒れ地に咲く花〟っていう意味よ。マイナス二十度でも、ピンクの花を咲かせるキレイな花なの。甘い香りがして、とても小さな花だけど、どんな荒れた土地でも薄紅色の花をたくさん咲かせる、強い花なのよ」

――花？〝荒れ地〟だとくりかえし聞かされていたのは、父の小さな復讐だったのだろうか。母は、荒れ地で生き抜けとでも言うのだろうか。壁の絵に描かれた、荒波を進む船のように。

「夢のようだったわ……」

母は、背を向けたまま腕を組んだ。

――何が、夢のようだったのか。私との日々か。父との日々か。だったらなぜ。なぜ、家を出たのか。

わたしは、怒りのようなものが蠢《うごめ》いているのを感じていた。

母の、背中が見える。その後ろ姿を明るい斜陽が照らしている。白いスーツの下で、肩の肉は落ちてなくなっており、背中が少し丸くなっていることに気がついた。昔は円く張った滑らかなふくらはぎも、竹のように痩せていた。その背中を、静かに傷つけたくなる。

「どうして、私を置いて出て行ったの?」

その言葉を刃にしようとした時だった。

「あなたは、荒れ地に咲く花だったの」

と母は言った。そして、しばらくの間を置いて、また繰り返した。「あなたが、荒れ地に咲く花だったの」

庭に広がった静けさは、二人の間に流れる空気を引き締めていった。

その沈黙を破ったのは、風だった。甘い香りが強く漂う。

庭一面に風が吹いて、ピンクの細かい花がびっしりと鈴なりに揺れたのだった。

わたしは、ふらつきながら、ああ、と息をひとつ、漏らした。

――この地味な花がヒースの花、エリカだ。エリカなのだ。

細長い花房がいくつも連なって、垂れ下がるように咲いている。

「わたしが、荒れ地だったのよ。自分が立っていたところも荒れ地。その中で、ただひとつ、あなただけが、花だった。だからあなたを抱きながら、この子は花よ、荒れ地に咲く花なの、と〝エリカ〟と呼んだのよ」

ピンクの花は小さくて、一見花だとわからないほど地味だけれど、いつまでも風に揺られながら、しっかりとそこに根付いていた。


「土が好きだったね……。変わらないね、エリカ」

母が一瞬にして昔の母の笑顔に戻ったのを見て、わたしは、とまどい動揺し、どうしたらいいのかしばらくの間さまよっていたが、いつの間にか心の奥深く忘れ去られていた琴線が、ゆっくりと共鳴し始めていた。


「むかーし、むかし、海の底にアンモナイトが住んでいました」

「アンモ、ナイト？」
「そう。いまはもういないの。環境に馴染めずに生き残れなかった生き物……。でもね、何億年前までは生きていたの。その証よ」

頭を下げて、母の家を後にした。助手席には封筒が置かれている。わたしは、ゆっくりと、車を走らせた。
中に入っていたのは、小切手だった。裏返すと、そこには万年筆で綴られた母の文字があった。小切手の裏に書くなんて、母らしい。この手紙が残らないようにしたのだ。

――エリカの花言葉、それは
〝私は私らしくありたい〟です。
かならず、
ワインを完成させてください。

怜子

その花言葉は、きっと当時の母自身の願いだったに違いない。そしていま、母は、一人の女として〝あなたらしくあれ〟とわたしの背中を押しているのだ。

人は誰だって自分の中にある何かを目覚めさせてくれる人間を望んでいる。この人は、わたしにとってそういう類いの人だ。

わたしの扉は、開き始めている。

もう、道は決めている。ここからは、大股で進めばいいだけだ。

エリカさんの手紙

一月の葡萄畑は、真っ白な絨毯に墓標のような支柱だけが打ち込まれているようなのです。葡萄の木は折れないように、雪の下に倒されていて、ただ、葡萄の木を支えていた支柱の先だけが見えているのです。

この季節を、植物も動物もひっそりと過ごし、春になるのをひたすらじっと待っていると思われていますが、それはちがいます。

いや、少なくとも小麦はちがいます。

秋に種を蒔いておくと、二メートルくらいは積もる雪の下で、二ヶ月かけてゆっくりと発芽しているのです。

僕は、地熱でできる地面と雪の間の隙間のその暗がりの中で、ひっそりとさいわいをさがすように芽を出す小麦に、ほんとうの力強さを感じて愛おしくなるのです。

その手紙は、どうしてだか、そんな雪の下の力強い小麦のようでした。

醸造所の中に入っていくと、大概は兄さんがいるのにその日は兄さんがいません。雪の畑に出ているようでした。兄さんがいつも研究に使う木の机の上には、実験の道具や書物がバラバラと置かれているのですが、この時は手紙が開いたまま、置いてありました。見つけてしまった、と思いました。僕には、それがすぐにエリカさんから送られたものだとわかったからです。案の定近くには、アンモナイトが置いてありました。

そんな風に置いていなかったら、もし封に入っていたら、読まなかったと思います。でも僕は、そろりと重なった便せんをずらし、読み始めました。

エリカさんのこの手紙が兄さんに届いたのは、二年前のことです。

エリカさんが出て行ってまもないある朝のこと、手紙と一緒に新しい木樽が届けられたのです。その樽は、このあたりで採れるミズナラの木で作ったものでした。そうとうなお金もかかったと思います。その日その日を楽しく生きていたエリカさんが、どうやってそのお金を用意したのか、僕には、わかりません。この時、そんなにまでエリカさんにさせる兄さんが、僕は許せませんでした。

小さい頃から、兄さんが僕のことをあまり好きではなかったのを知っていました。たぶん、〝どうしてお前が生き残ったのだ〟と思っていたのかもしれません。父さんがビーフシチューを作ると決まって僕の大切なものがなくなるのは、決して偶然ではないということも気づいていたのです。だから、僕が、兄さんの一番大事にしていたトロフィーと賞状を川に投げ捨てたのです。

兄さんは、僕が五歳の時出て行って、七年前に戻るまでの十五年近く、一度も帰ってきませんでした。

十年前父さんが病気で死んでも帰ってきませんでした。何度もフィルハーモニーに連絡しましたが、つないでもくれなかったのです。きっと、兄さんが拒否したのでしょう。伝言を頼んだので、兄さんは知っていたはずです。

僕は、どこかで、すべてのことを〝償い〟だと受け止める節があります。母の事故は、自分の責任だと感じていたからだと思います。だけど、この時ばかりは、兄と僕とをつないでいた何かが、切れたように思いました。まだ十六歳だった僕は、恐怖心と不安でいっぱいになり、体の奥のどこかから〝助けて〟という声が聞こえていました。


僕は、一度も泣いたことがありません。少なくとも、自分ではそう認識しています。長い間男ばかりの暮らしで、泣くという表現をあんまり学ばなかったのかもしれません。

あの食卓のある部屋が、すごく静かになってしまった時でさえ涙はこぼれませんでした。いつも家族四人でいたのに。母さんが死んで。兄さんがいなくなって。父さんもいなくなって。あの部屋が、すごく、静かでした。

それから、この家に警官のアサヒさんや郵便屋さんの月折さんが、用事を作ってはやってきて、一緒にごはんを食べてくれたりしました。熱を出したりした時は、アサヒさんが両手にいっぱい氷を持ってやってきて、リリさんがハーブの薬を飲ませてくれたりしました。月折さんも、ひとりは寂しいだろうとオールドイングリッシュシープドッグの犬を連れてきて、こいつも捨てられていたから、仲良くしてやってください、そう言ってました。みんなで、どんな名前にしようか、一週間かけてバベットと名付けました。リリさんが『バベットの晩餐会』という本が好きだったからです。僕は、響きが気に入りました。

なんでも作ることができるリリさんは、僕に木琴の作り方を教えてくれました。音の調節がたいそう難しく——音板の裏側の中央を削って調節するのですが——ドの音から順番に鳴らしていくとラの音が外れ、おかしくて皆で大笑いしたこともあります。削りすぎてはやり直しという音板がいくつかありましたが、やっと完成し、静かな夜は木琴を鳴らしたり、太い枝でスプーンやフォークを作りました。何かを作るということで、無心になれるということを覚えたのです。

僕がこうしていま、生きているのは、間違いなくこの人たちがいてくれたおかげです。

僕は、父さんがいつも空を見上げては、〝空が好きだ〟ということに、あんまり賛成できませんでした。父さんが亡くなってから、空を一日見上げてみました。碧い空に白い雲がゆっくりと流れていきました。大空を飛んでいる鳥を目で追ってみました。

父さん、僕は思います。雲や雨、風に鳥、いろんなものが僕のところに流れてきて、そしていつしかいなくなっていく。すべてが過ぎていくのです。僕は、ずっと、ここにいるのに。

でも、最近は違います。小麦畑に立つと、父さんが守ってくれているからなのか、雲から光からすきとおった風が吹き、なんだか、すべての恐怖心がほどけていきます。

もうけっしてさみしくないとおもいました。
さみしさがそのまま心にあっても、この小麦畑の道を、
僕はイクノデス。

〝ユウリ・アオの世界「カヴァレリア・ルスティカーナ」〟
十八歳の僕は、東京のホールに掲げられた看板を見上げました。
確かめにきた。いや、そうではありません、自分でもわからない感情の理由を結論づけたかったのかもしれません。

兄さんがいつもハーモニカで吹いてくれた、あの美しい間奏曲。演奏がその部分にさしかかったその時、僕のさまよっていた心の着地点がじんわりと見えてしまったのです。

――ダメだよぅ。

出て行っちゃダメだ。兄さんはここにいないと。

――まだ僕は五歳だよぉ。

音楽のために？　ここより音楽が大事なの？　僕より？

――捨てちゃえ。なくなれ。音楽がなくなれ。音楽、どっか行け。

そうして兄さんのトロフィーと賞状を深い川に捨てたのです。


そうなのです。兄さんのいじわるに仕返しをするためじゃないのです。僕が、兄さんを行かせたくなかったのです。

ところが、去ってしまったのは音楽ではなく兄さんです。

僕のその行動が、兄さんの出て行くきっかけになったと気づいた時、文字通り腰がくだけて座り込みました。自分の体が宙に浮いて、もう地上に戻れない、そんな感覚でした。

なぜ僕は、いつもと同じごはんをここで食べているのだろう。兄さんはいないのに。涙も出ませんでした。この時、僕は失ったものを二度と取り返すことができないことを学びました。

兄さんが出て行ったあと、父さんは僕を強く抱きしめて、頭をくしゃくしゃと触り、僕の頭に涙をひと雫落としました。

あまりに心が裂けそうだったので、あれから僕の中で必死にすり替えていたのです。


そのことに気づいた時、僕は、初めて涙がでました。

兄さんが指揮する『カヴァレリア・ルスティカーナ』は美しすぎました。その美しい旋律に、僕は噴出するような息をあげて、うずくまりました。必死で声を殺しましたが涙が止まりませんでした。僕が、一度だけ泣いた瞬間です。


兄さんが、エリカさんからのこの手紙を読み終えた頃、僕は内容を知らなかったのですが、こんな風に聞きました。

——兄さんはどうしてそこまでしてワインを作りたいの？

それには答えませんでした。ただ、

「決めた。俺は、決めた」

と言い、次の日から畑を耕し、新しい苗を植えていきました。

そして、アサヒさんや月折さん、リリさんに頭を下げに行き、僕を救ってくれたことに対して感謝の気持ちを伝えてくれました。

僕は、本当に驚きました。

洗練されたワイン作りのことだけ考えていた兄さんが、葡萄を見て、空を見上げ風に吹かれて、自然の姿を見るようになっていったのです。いや、感じると言った方がよいでしょう。そしてやがて、もちろんじっくりと時間をかけてですが、この土地のすべてに感謝して、受け入れていったのです。手紙が届いてから一年も経つと、兄の手はごつごつと父に似て、土まみれになっていました。

兄さんはずっとこの土地を否定していました。

ピノ・ノワールは土の味の影響を受けやすい品種です。この土地の土くささが兄は許せなかったのです。でもいまでは、この土くささをどううまく生かしていくかというワイン作りを見つけていました。暗闇に光が差し込んで、見えなかったものが一気に見えたかのようでした。

驚いたのは、兄が土を口にふくみ、よく味わっていたことです。土の味を見て、何を抑え何を引き出していくか、考えていたのです。僕は、なんだか、自分が肯定されたような気持ちになりました。だって、僕は、いや、僕たちはここで生まれてここで育ちここで生きているのです。

寒い冬を越えて、雪が解けた頃、そう、ちょうど春を告げるふきのとうが出始めた頃です。葡萄の枝を少し切ると、ぽたりぽたりと水滴が落ちます。その雫を、

「葡萄の涙」

と言うのです。それは、冬はひっそりと雪の下で耐えていた葡萄の木が、根っこから雪解け水をいっぱい吸い上げて、幹に、幹から枝へと必死に送っている証なのです。兄さんは、その雫を指で掬ってはなめて、ここの土地の味がする、そう言っていました。

この頃の兄さんが言う独り言、それはすべてエリカさんに言っているように、

僕には聞こえました。

いま、エリカさんの手紙を読み終えて、すべて、納得しました。

この手紙は、一人の人生を変えるほどの力があります。そして、あの樽は、エリカさんが自分のできるすべての力を使った贈り物であることがわかります。樽をひとつ買うだけでもそうとうなお金がかかるのに、空知で育ったミズナラの木で樽を作らせ、それを五つもというのはエリカさんにとってはすごいことです。エリカさんは、伝えたいことを、自分のできるすべての方法で伝えたのです。

人の心を動かすのは、言葉であり、行動であり、そこの根にある愛なのである、と、エリカさんは僕に教えてくれました。

だから、兄さんがこの先自分で納得できるワインを作った時、僕は、兄さんに

――僕に一杯飲ませて。
と言うことに決めています。

エリカさんの言葉を借りれば、
たくさんの涙が雨と一緒に土に染み込み、葡萄の木がそれを吸い上げて水分たっぷりの実をつけます。ここ、空知で兄さんが作るワインはきっとこんな味になるに違いないと、僕は想像しているのです。
〝自分勝手でとても頑固で力強い〟
僕は、ワインが、兄さんのようなワインになればいいのにと、密かに願っています。

そして、その時こそ、父さんの夢を教えてあげたいと思います。
――兄さん、父さんが、言ってたよ。いつか運命の樹の下に植えたこの葡萄で、ワインなんか作って男三人で乾杯したいなって。それが夢だって。だから、父さん、この葡萄の木を、植えたんだよ。

そして、その時こそ、もう一度聞きます。
――どうしてワインを作っているの？
きっと兄さんはこう答えます。
――自分のワインを、飲ませたい人がいるからだ。
そうしたら、その木の下で二人、乾杯しようと思います。

碧空ヲ知ル

明けの明星が見える頃からずっと空を見ているのに、今日は一羽の鳥も飛ばなかった。土の上に寝転んで、ただただ、時間が過ぎていくのを感じていた。もうすでに西の空に、宵の明星が輝き始めている。

ムスブはよく想像する。金星からこの地球を見ている誰かがいて、こんな会話をしているんじゃないか、あんな会話をしているんじゃないか、と。

「あの星の生き物はね、愛というものに支配されているらしい」

「愛?」

「ああ。それで、その愛が伝わらなかったりすると、苦しんだり、泣いたりするんだって」

「そりゃ大変な生き物だね。ところで愛ってなんだい?」

「さあ。それは僕にもよくわからないよ。形はないらしいしね。でも、あの星の誰かの言葉にはこう残っているそうだ。″その人のしあわせを願うもの″″想うこと″″無償″」

「あははは。無償で形がないのはわかるけど、またそのしあわせってやつがわからないよ」

「そうだよ。非常に曖昧なものに縛られている、きっと下等生物なのさ」


逃げてきた。そう、俺は逃げたのだ。

あの、永遠に続く暗闇と息苦しさ、ねっとりとした湿度の高い空気、そして、ごぅごぅという強い風の音から。


親父の創《ハジメ》は、北海道の空知にある炭鉱で働いていた。当時のエネルギーは石炭が中心で同年齢の郵便局員の給料の三倍と言われていたほど華やかな仕事だった。毎日、鼻の穴と目以外を真っ黒にして、坑口そばにある風呂でそれを落として帰ってくる。炭鉱には、二つの風呂がある。ひとつは炭塵風呂と呼ばれる風呂で、黒くこびりついた石炭の汚れを落とす用。鉱員たちは、真っ黒なままどぼんと入る。汚れを落としたらもうひとつのきれいな浴槽につかることができる。炭鉱掘削するため坑内に入る時、名前と鉱員番号を書いた木の札を木箱に入れていく。そして、頭のヘルメットにつけるキャップライトと、それ用の大きくて重いバッテリーを背負うのだが、バッテリーの棚には、鉱員番号と名前が付いていて、就業時間が終わるとまた元の位置に戻し、自分の木札をとっていく。木札やバッテリーは、誰が出坑して誰が坑内に残っているか、わかるようになっているのだ。

五千万年という時を越えて深く地中に眠っている石炭を掘り起こすという作業はかなり危険が伴う。いつ火を噴くかもしれないメタンガス、組み立てた坑道も地中の圧力でいつつぶされるかわからない。低ければ一メートルちょっとの高さしかない坑道が、地中深く千、二千、三千メートルと続く。

毎日、生きて戻ってこられる保証は、ない。

ただ、そんな環境だからこそだろうか。鉱員同士のつながりは強く、家族たちはとても楽しく暮らし、幸せそうに笑っていた。

炭鉱には、炭住といわれる赤い屋根の集合住宅が一面に並んでいて、それらを炭《ヤ》山《マ》と呼んでいた。炭鉱は山深い場所に開かれることが多く、そこでは、三交代制で昼夜構わず作業が続けられていたため、従業員たちの住宅は、近くに建てられていた。ひとつの家には、四畳半の台所、六畳の部屋が二つといった具合で、家族で暮らしている者たちが多かった。

母や子供たちも父親が帰ってくるのを待ちわびていたし、父親も笑顔で帰ってきた。そして、ヤマの人たち同士助け合って朗らかに生きた。

きっと、このなんでもない瞬間がいつなくなるかわからない、そんなことを暗黙の了解としてみんなが共有していたからに違いない。

単純な肉体労働がある種、人々にしあわせを感じさせるということを、親父の働く姿とこのヤマでの暮らしで学んだのである。

サイレンの音が苦手だった。聞くと必ず思い出すのだ。

俺の叔母さんはとてもきれいな人で、だんなさんは人気者で精悍な鉱員だった。

あの日、サイレンが突然鳴り、集合住宅は騒然となった。住宅にいた者たちは立坑を見上げる。すると、排気立坑から、真っ黒い煙が上がってくる。

爆発だ。

炭鉱は、坑内の空気を循環させるために、巨大な扇風機で空気を吸い出し、排気立坑から吐き出している。だから、坑内にはすごい風が吹いているのだが、爆発が起こるとそれとともに、一気に黒い煙が外に舞い上がるのだ。

連絡所から、現場に残っている者が徐々にわかってくる。突然の事故だった。

その叔母さんは、ぽつりとこう言った。

「だから、机の整理なんてするんじゃないって言ったんだ」

だんなさんは、なぜかその日の朝に限って文机の整理整頓をして出ていったらしい。文机といってもたいしたものが入っているわけじゃない。爪切りや耳かき、えんぴつや安全ピン、勤続二十年で贈呈された記念品の置き時計、そして仲間と撮った少しの写真ぐらいのものである。それらが、きっちり並んでいるのを叔母さんはただ黙って見ていたのを覚えている。

叔母さんは、その後何も言わず、ただ風に吹かれて、だんなさんの遺影を抱きしめていた。

ヤマのひと、一人一人に起こることが、お互い他人事とは思えなかった。

「父さんの働いている所はさ、空は全然見えないの？」

「地面の中だからな」

「暗くて苦しくないの？」

「苦しい時もあるさ。だけど、俺たちには、地上にいる人には見えない風景も見えるってやつだよ」

と親父は俺の頭を撫でた。ちょうど十歳くらいの頃だったと思う。

独特の石炭の香りがふわっと鼻につく。そうして親父は満面の笑みでこう言った。

「それに、おまえたちや母さんがお腹すかせて待っているだろう。ちょうどほら、あのツバメのヒナのように、必死で口を開けて、まだかまだかとごはんを待っているんだ。父さんはおまえたちにごはんを運ぶのが嬉しいんだよ」

軒下にできたツバメの巣の中で、全力で首をのばし、口を上に向けて大きく開けてピーピーと鳴いているヒナたちは、確かに自分のようだった。

家族のために働く。そんな親父の生き方が嫌いなわけではなかった。親父は体が大きく、無学だが知恵のある男だった。何かあっても、きっとこの男はなんとかするだろう。そんな頼もしさが魅力だと、母さんが語ったことがある。野球を教えてくれたのも、草笛を作ってくれたのも、星の読み方を教えてくれたのも親父だ。親父は、なんだってできた。

日中、坑内にいた親父は、夜は星空を見上げることが多かったと思う。だが、最後には、いつも炭鉱の話だった。

ショートホープの吸い口を噛んで、目を細めた渋い顔で煙をくゆらせながら、よく立坑櫓《たてこうやぐら》を見上げた。

立坑櫓は、地中の坑道からつながる地上の建物で、五十メートルもあるんだ、と見上げては、百年石炭を掘り続けられる東洋一の立坑櫓だぞ、と自慢げに語った。

「父さんはな、宝物を探し当てるこの仕事が好きなんだ。ここはな、宝島さ」

俺は、そんな親父が好きだったし、尊敬もしていた。

だからこそ、高校卒業後親父と同じ鉱員として、働き始めたのだ。最初は探検心から、地中はこんな風になっているのか、と土の層が見られるのも面白かったし、石炭を見てはこれが元植物で数億年かけて地中の熱や圧力で押し固まってできたものか、という感慨もあった。

それに、一日ぐっしょりと汗をかいて、風呂に入って汚れを落とし、命を支え合う先輩たちとビールを飲み、家族の元へ帰る。そんな暮らしが心身ともに健康的に思えた。


「春夏秋冬、ビールがうまい」

口々にそう言いながら鉱員たちは一気に飲み干していた。

「石炭は黒いダイヤだ」

酔うと誰かがそう、誇らしげに口にした。

「石炭は、黒いダイヤみたいにさ、黒くキラキラと光り輝くんだ。あんなきれいな黒はないよ」

エネルギーという言葉にも人々を鼓舞する部分があった。自分たちは世界のエネルギーを生み出しているんだと。

どこまでも続く暗闇にぽつりぽつりと電球が吊り下げられた坑道。土の重みで、どこからかミシミシと音が聞こえる。

何より、坑道に入る大きな扉を開ける時にいつも思うのは、入りたくない、という感覚だった。坑道では空気が循環するように風の向きは意図的に一方向に作られていて、入る時、扉を開けると必ず空気を吸い込み、俺の体は強い風の力で吸い込まれる。ごぅーという重い音とともに俺を風が押し込める。

それが、俺の心を一瞬、拒絶させた。

宝物を発見するための、これは冒険なんだ、冒険。そう、言い聞かせた。


だが、一ヶ月も経つと、どうだろう。

一日のほとんどを暗闇で生きるこの暮らしが、どこか自分の心を締めつけてくる。明けの明星を見て、地中にもぐり、出てくるともう夕焼けで、すぐに宵の明星が見える。このまま、碧い空と太陽を見られないと思うと、絶望的な気分になった。


だからこそ、逃げてきたのだ。

怖いからじゃない。怖いんじゃない。俺はずっと暗闇にいるのが嫌なんだ。父さんみたいに真っ黒になって、真っ暗闇で生きるのは嫌だ。

その日、夜十一時からの勤務だった。まもなく夜明けを迎えようとしている。あと少しで終業の七時を知らせる、ぼぉーっというサイレンが鳴るはずだ。それまではここにいよう。働こう。それが大人の責任というものだ。

かすかに、体の奥底からちりちりと聞こえた。俺は、トロッコで運ばれる石炭を見ていた。するとまた体の奥底からちりちりと聞こえた。今度ははっきりと。トロッコの操作ボタンを押していた俺の手が、ゆっくりと離れていった。俺の手が離れても一度スタートしたトロッコは進み続ける。そこにのせられた石炭の山。そのひとつが、電灯の光を受けて、黒いダイヤのようにきらりと光った。

その瞬間、ちりちりちりちりちりちりと聞こえ、その音は止まらなくなった。ダメだ、俺は、このクロイヒカリに魅せられる前にここを出るんだ。

気がつくと、俺は坑道の出口の方へひたすら、走っていた。

地上に続く坑口の重たい扉を開けた瞬間、出る時は、外から中に風が吸い込まれ、その強い風に押し戻される。ごぅーごぅーという風の轟音が俺をとりまく。出られない。俺は必死だった。扉のノブを頼りにやっとの思いで外へ出る。そして、バーンという音とともに扉を閉めた。

空を見上げると夜明けの太陽の光とともに明けの明星を見つけた。

思いっきり、息を吸い込む。俺は、自分が生きているんだと思った。立坑から駆け降りて、集合住宅の間を走り抜け、山道をただひたすら走った。

やがて雨が降ってきた。それさえも喜びであった。自分にたたきつけてくる雨が、どんどんシャツに染み込んでくる。顔にぶつかってくる水分が冷たくて気持ちがよかった。

そして、俺は足を止めたのだ。目の前には一面の小麦畑が広がっている。

突然幕を引いたように雨があがり、柔らかな風が吹いたかと思うと、太陽の光が差し込んできて、小麦はゆっくりと端から黄金に煌めき始めた。穂は風に揺られながら光を受けてきらきら光る。

ずっとこの風景を見ていたい。

俺は、そこに座り込んだ。

何時間経ったろう。こうして日がな一日空を見上げているのだ。もう宵の明星も見えなくなって、ヤマから微かに太鼓の音が聞こえてくる。今日は盆踊りの日か。盆が過ぎると、ヤマは冬支度を始めなければならない。また薪を準備しなきゃな、と思いながら、俺は体を起こした。

月の明かりに照らされながらとぼとぼと家に帰る道の途中に、〝空知へようこそ〟という看板を見つける。空知、いままで意識したことはなかったけれど、空知って〝空ヲ知ル〟と書くんだなあ。いい名前だ。一歩また一歩と歩く速度が速くなった。俺は、もう家に着く頃には、空知で、そして空の下で小麦畑を耕して生きることを決めていた。

炭鉱から逃げた俺は、親父に、頭を下げてそのことを伝えた。親父はただ黙って背を向け、ショートホープを吸った。落胆、その言葉がぴったりという顔をしていた。俺はその顔を見て、息子失格だと言い渡されたと思った。そして、親父は石炭のかけらを俺の胸ポケットにしのばせて、いつでも戻ってこいよ、と言いながら、その声はまったくそれを期待していないように思わせた。

ただ最後に言った言葉だけが真実だった気がする。

この土地を否定するなよ。

この言葉を聞いた時、ああ、親父は自分の仕事を否定されたと傷ついているんだと気づいた。自分のバックボーンを否定すると、自分を肯定できない、つまり生きていけないぞ、と言っているように聞こえた。俺は、親父のことを卑下したのではない、と言いたかったが、彫りの深い親父の顔にさまざまな疲れの翳がさっと入ると、そのまま親父の目の部分がまったく見えなくなり、言葉をのみ込んだ。

宝物を探し当てるのとはまた違って、育てる、というのはなんにせよ難しい。植物にしても人間にしても手間と時間をかけなければならない。でも手間と時間をかけたとしても、それがうまくいくとは限らない。もともと地中に存在する資源を掘り起こす作業と、何もない土地に種や苗を植えて育てていくことは、まったく違う作業だった。

だが、と思う。育った小麦が、夏になると夕日に照らされ黄金に輝く。その瞬間を見た時、すべての労働を忘れてしまうほど、美しく感じられ、感謝の心さえ涌き上がってくる。

これは、空と大地からの贈り物なのだ、と感じた。そして、アオもロクも俺にとって、贈り物だった。アオとロクというのは、俺の二人の息子である。アオが生まれて、ひとまわりの年月が経ってから、ロクが生まれた。

ここに、一葉、写真がある。

運命の樹と呼ばれる大きな木の下で、息子のアオとロクを俺が撮った写真である。上の息子のアオが、道南地区ジュニアクラシックコンクールの編曲部門で優勝した時、記念に撮ったのだ。二人は、あまり似ていなかった。アオの目は、まっすぐで情熱的なのに対し、ロクは不思議な目をしていた。砂漠のように枯れているかと思えば、潤沢な水が広がる湖のように感じられ、その二つが共在して、行ったり来たりするのだ。

母親は弟のロクが三歳になる前に事故で逝ってしまったから、ロクは兄のアオにとてもなついていて、いつも一緒にいた。

そうだ、俺とアオと弟のロクと三人の男だけで楽しく暮らしてきた。広大な土地だから、夜はキャンプファイヤーをして、どこまで離れてキャッチボールできるか、競ったりした。もちろん、畑仕事はみんなでやった。

俺が畑で耕していると、二人もやってくる。そして、アオがロクを肩車して、柔らかい光の中でハーモニカを吹いてやる姿は、それはまるで絵画のように美しかったし、気高ささえ感じさせた。


「兄さんは、どこへ行ったの？　もう戻ってこないの？」

まだ五歳の小さなロクが俺を見上げた。そう言いながら、ロクは、すべてをわかっていたと思う。

その瞳を見つめて、俺はロクを抱きしめることしかできなかった。でも本当は、いやおそらく、自分がロクに抱きしめられていたのかもしれない。

今日、息子のアオが家を出て行ったのだ。十八歳の誕生日を目の前にして。

「俺、家を出る。音楽の勉強する」

童話の世界の男子のように疑いのない表情だった。

わかっていた、わかっていたのだ。自分自身どこかで、それを待っていたのではなかったか。アオが、コンクールで優勝した時から。いや、もっと前だ。アオは音楽に傾注して、およそ狂ったように音楽を聴いていた。いや、もっと前だ。

俺が、ハーモニカを教えたんだ。

ひとり星空を見ながらハーモニカを吹いていると、アオがやってきた。なんて言う曲だったか。ラジオで流れていたあるクラシックの曲が、深くとても澄んだメロディだったので、それを吹いていた。聞いていたアオの目が輝いた。そろそろとハーモニカに近寄って、アオがまるでしあわせをかき集めたような顔をしているではないか。あの時、アオは俺の吹くハーモニカではなく、音楽そのものに惹かれたのだと思う。

ズボンの右ポケットの中で握りしめた五枚の一万円札。家を出て行くというアオに直接渡そうと何度も離しては握り、離しては握りしていたら汗でよれよれになってしまったのだ。さらに強くぎゅうっとお札を握りしめると、ぐらぐらと床が揺れ出すのを感じた。ああ、なんと恥ずかしいことだ。俺は、アオの鞄に、よれよれの一万円札を五枚入れるのがやっとだった。母親が生きていたら、また展開は違っただろう。


俺には夢があった。

ここでこうして、一緒に小麦を育てて、いつの日か、男三人で酒を飲めたらいい。そのために、俺は、ワイン用の葡萄の木を一本、丘の上の運命の樹と呼ばれる大きな木の下に植えたんだ。この葡萄でワインなんか作って、それで乾杯だ。

「なあ、ワイン用の葡萄植えたいんだ。何がいい?」

そう、苗木屋で尋ねると主人は得意気に一本の苗木を指した。

「そりゃあ、これだよ。育てるのは難しいけど、きっといいワインになる」

「いいワインになるんだな」

「それはワインを作る人間にかかってるさ。いいワインはいい葡萄からできる。でも、いい葡萄だからっていいワインになるとは限らないよ」

俺は、ピノ・ノワールという品種の苗を買って帰った。


いつか、一緒に三人で酒を飲む。どこにでもいる、どこにでもあるささやかな父親の望みのつもりだった。


この土地と家族を振り切って出て行くのは、あの日の自分と同じ〝衝動〟というものだろう。

「父さん、止めてよ」

ロクが叫びながら、アオを追いかけていったが、俺はアオの背中を見送ることができなかった。


俺は思った。

ただただ、あの子の上に、いつも碧い空が広がっていますように。どこにいても。

曇ったり、雨が降っても、いつかはアオの頭上が碧い空になりますように。

俺は、しばらく吹かなくなっていたハーモニカをゆっくりと吹き始めた。


「この子の名前なんにする?」

「俺が決めてもいいか?」

「ふふふ。言ってみて」

「あのさ、アオはどうかな」

「アオ?」

「碧い空のアオ」

「アオ……いいわね。アオ、アオね。今日からあなたはアオよ」

「アオ、おまえはきっと碧い空のような男になるぞ」

もう一葉写真、がある。

それは、妻が撮った俺と赤ん坊のアオだった。

この時、アオのちいさな右手を触りながら、俺は、喜びのあまり自分が泣いていることに気がついた。

運命の樹の下で

そこには、一本の大きな木があった。
この木は運命の樹と呼ばれていた。

わたしは、その木の根っこにひとり座って、透明でやわらかな光が空から降りてくるのを感じていた。

今日という日が暗闇に包まれるまえに、書いてしまわなければ。そう、あいつに、伝えなければ。この葡萄の木をたった一人で植え続け、これじゃダメだ、もっと高みに行かなければ、そういつも自分を「まだまだだ」と否定しながら、ワイン作りをしているあいつ。頑固で不器用で、もがいてもがき続けている、あいつに。
わたしは、鞄から紙と万年筆を取り出し、およそ似つかわしくない太い万年筆の蓋を開けて、わら半紙の便せんに記し始めた。

アオへ

私の掘った穴に一度でいいから入ってみて。
葡萄の木も必死で生きているのがわかるから。
白い石灰質の土はここが、むかし海だったことを語ってくれる。
海の時代、陸地の時代、いろんな生き物や植物が生きてきた。
土は命の積み重ねだと思う。
葡萄の木はそこに根を張ってすべてを吸って空にのびていく。

土とそこに生きる植物の力を、信じて。
見守って。
何億年でも。
そしたらきっとその木はできるだけの最上の実をつけてくれる。

ワインは、ずっとずっと遠い昔から、
雨や雪はもちろん、いろんな人が、
もがき、しくじり、決断し、必死で生きてきた
いくつもの涙を受けとっているような気がする。

あなたの　喜んだ涙、
あなたの　苦しんだ涙。

その涙は、すべて、味わいになる。

あなたの手で、
ワインに生まれ変わったいくつもの涙は、
きっと百年先の誰かに届くはず。

空知の大地でしか作れない、
あなたでしか作れない、
ワインを作って。

From エリカ

わら半紙の便せんを丁寧に折って封筒に入れ、ここでとれた小さなアンモナイトをしのばせた。すっくと立ち上がって、長いスカートについた土を手でパンパンとはらう。

葡萄畑は一気に暗闇が広がり、夜を迎えている。いつの間にか、ずいぶんと冷たくなった空気が髪に触れてきた。

眼下に見えるアオの醸造所に、ようやくといった感じで明かりが点っているのを見た時、静かに、わたしの頬を一筋の涙がこぼれた。ゆらゆらと揺れている明かり。まるであいつのようだ。そのかすかな光を見つめながら、わたしは、思った。あいつのような奴が、絶対に〝折り合いをつけない、つけられない〟男が、たとえすべての人に嫌われ、うっとうしいと思われても、存在できる世界に生きたい。

本当に馬鹿だと思う。でもアオは、失ったものを取り戻せないことを知っている。それでも、それをしっかりと抱きながら、もがきながら、生き続けるしかないと知っている男だ。こんな男が一人ぐらい世の中に存在してもいい、でないと、この世でわたしは、いいものを見つけられない。

わたしは、いまから初めて人を愛することを始めたいと思う。

この手紙をアオに届ける前に、しなければならないことがある。

まず、髪を切ろう。

そして、わたしは神戸に向かうのだ。その街には、母が暮らしている。わたしは、わたし自身が今度こそ、根っ子の部分ときちんと向き合って、〝折り合いをツケナイ〟人生を送る。

そう決めて、わたしは、車に乗り込んだ。

大きく息を吸って、ここに初めて来た時に通って来た一本道を、わたしは、一気に降りていった。

そして、運命の樹から吹き下ろす強く激しい風を、わたしは車の中で、はっきりと感じていた。

エピローグ　ぶどうのなみだ

エリカ、俺はいま、おまえの書いた手紙を読んでいる。もう何度読んだことだろう。いまでは出してくるのがめんどうなので、もう机の上に広げたままにしてあるよ。

エリカ、知っているか？

葡萄は、本当にすごい。葡萄の木は、毎日、自分でどう生きるか、ものすごく考えていろんなことを決めている。自分でどんどん形を変えていくんだ。

この間、ひとつの枝に三つの蕾ができたんだ。先と真ん中と下の方だ。一番先の蕾が花になって実を付けると思っていたら、驚くことに、つるになったんだ。その頃ちょうど、風が強くてその木はなかなか安定しなかったから、葡萄は一番先の蕾を花にしないで、つるにしてつかまるところを探した。もしその蕾を花にして実を作っても安定が得られないままだし、それよりもどこかにつかまる必要がある、そう判断したんだ。

こんなこともある。花になるつもりだったけれど、曇りが多いと太陽の光をたくさん浴びるように葉を多くした方がいいと葡萄が考える。そうしたら、葉がのびやすいように負担のかかる蕾を自分で切り落としてしまう。つまり葡萄は、蕾のまま花にして実をつけていくか、葉を増やしていくのか、風が強いし不安定だからつるになってどこかにつかまるのか、その時々で必死で判断して、自分で形を変えていくんだ。地面に近づいたつるも、決っして地面にはつかない。ちゃんと重力を計算してのびてる。つるの先は環境を探るアンテナみたいなものだから、この先どこにのびるといいのか、ここにのびると病気になるから避けようかとか、自分の置かれている状況を察知しながら生きてる。すごいだろう?

自分の体力と光の力、土の力、風や雨、すべてを考えて、もっとも自分に見合ったいい姿をいつも描いているんだ。きっとこれが自然な姿なんだと思う。

俺は、おまえがいた頃、木が判断する前に早め早めに対処していたけれど、いまでは、葡萄の木自体がどう頑張るのか、待つことにしている。おまえの言うように見守ることにしたんだ。

でもな、恵まれすぎてもまた、葡萄は良い実はつけないいんだよ。

葡萄の木は、もともと森の中で自生している植物だ。ほかのどの植物より早く目覚めて上へ上へと空に向かってつるをのばし、光を得る。高いところで甘い実をつけて、鳥に運んでもらって子孫を残していく。

土が肥沃すぎると、自身を太らせて大きく茂り、安心して〝自分自身が生きていくために〟成長する。そうすると良い実はできないいんだよ。土が痩せ気味だったり厳しい環境に置くと、せめて子孫だけはいい環境にしなければという危機感が生まれる。その時、葡萄の木は〝次の世代のために〟鳥や動物に食べて運んでもらえるように、甘くて魅力的な実をつけようと頑張るんだ。だからね、俺は、少しだけ葡萄の木にイジワルをして、養分が足りない状態にする。例えば、葡萄の木の近くに西洋たんぽぽを植えて、養分と水分を取り合いさせたりする。そうすると根の深いたんぽぽより、葡萄はより深い土の栄養を探そうと根をのばしていくんだ。

葡萄の木は本当に面白い。そして、すごい。

エリカ、毎日発見する変化をおまえにも見せたいよ。

醸造所では、おまえが贈ってくれた新しい木樽が所狭しと並んでいる。さすが、この土地で育ったミズナラの木で作った樽だ。新品の樽から匂い立つココナッツの香りや時に白檀のような香りをワインにつけてくれるんじゃないだろうか。きっと、樹齢百五十年以上の木で作られているに違いない、と勝手に想像している。ワインが、木樽の中でゆっくり時間をかけてひっそり成長していくのを、醸造所にいると感じられるよ。シュワシュワとワインが呼吸する音が小さく聞こえる。おまえが言っていた、生きてる音だ。このかすかな、本当に小さな音を俺がいま、聞こえていることに喜びを感じるよ。発酵の音、風のそよぐ音、雨が土を叩く音、すべての音が俺を包んでくれる。音のある世界は素晴らしい。

この間、リンゴと葡萄を作っている農家の人と話したんだよ。葡萄ほど土の影響を受ける果実はない、と言っていたよ。葡萄は野菜みたいに水分がたっぷりで土の影響をそのまま吸い上げる。そんな話を夜通しした。

醸造家の人にもよく会いに行くんだ。初めて醸造所を見せてもらい、一次発酵に感動した所だ。そこでいろんな醸造家たちと、好きなワインを持ち寄って飲みながら何日も語らう。最後はいつも「ピノ・ノワールはいい葡萄を作ればいいワインができる、それにつきる、そこからいじくっても悪くするだけ」そんな話になる。俺は以前、ちょっとした変化で方法を変えたり、小手先で葡萄の良さを壊していた。もちろん実験は必要だったけれど、馬鹿だったたなと思う。

こうやっていろんな人と葡萄について、ワインについて、語り合えることは珠玉のしあわせだね。みんな、ワインが好きで仕方がないんだ。何より、おまえがよくしていたように、酔っぱらうって最高だ。

最近、大笑いしたことがある。

テクニックや理論を求める人。こうやったらこうなる、そういう方式を見つけたい人。心配性でいろんなことを信じられない人。

これは、何かわかるか？　こんな人はピノ・ノワールのワイン作りに向いていないと言われている。

そう、すべて俺だ。

それを聞いた時、大笑いしてしまったよ。

ピノ・ノワールは、本当はもっと感覚的で、イメージで追う人間の方が向いている。

でも、いいんだ。

俺が、ピノ・ノワールを好きなんだし、

あの日、ピノ・ノワールが俺を生かしてくれたんだ。

だから、何億年かかってもいい。

いつか、香りもあまり変わらず土くささも変わらないけれど、俺が、これは明らかにいままでのワインとは違う、しっかりとした土の力を感じる味わい深いワインを作ることができた時、俺はそれをボトルいっぱいに詰めて、おまえを探しに行く。

きっとまたおまえは、こう言うに決まってる。

土くさい。

俺は、こう言う。まだまだだな。

そうしたら、俺は、おまえを抱きしめてしまうだろう。

その時、土まみれの俺の手とおまえの手で乾杯しよう。

——そのワインには、

親父の涙、じいちゃんの涙、自分の代まで命をつないでくれた人たちの涙、

アサヒさん、月折さん、リリさん、そしてロクの涙。

俺の涙、そしておまえの涙。

全部が詰まっている。

そのワインの名前はもう決めてある。
ぶどうのなみだ
だ。

本書は書き下ろしです

参考文献　夏　カミュ全集７　新潮社
JASRAC 出 1411455-401

三島有紀子

Yukiko Mishima

大阪府生まれ。父親が三島由紀夫の大ファンだった事から洒落で名付けられる。近所の名画座に4歳から通い18歳から8ミリのインディーズ映画を撮り始める。大学卒業後NHKに入局し、11年間主にドキュメンタリー番組を中心に手がける。「映画を撮りたい」という思いから独立。助監督をやりながら脚本を書き続け、2012年には映画『しあわせのパン』でオリジナル脚本・監督をつとめる。

14年10月に本作の映画『ぶどうのなみだ』、15年には映画『繕い裁つ人』の公開が控えている。著作に「しあわせのパン」(ポプラ社)がある。

愛してやまないもの……空と森と湖、本屋とカフェとバルと映画館。

ぶどうのなみだ

三島有紀子

発行日
2014年10月2日　第一刷

協力
山﨑ワイナリー／宝水ワイナリー
NPO法人 炭鉱の記憶推進事業団／岩見沢市

発行人
山﨑浩一

編集
柳原一太

発行所
株式会社パルコ エンタテインメント事業部
〒150-0042 東京都渋谷区宇田川町15-1 TEL03-3477-5755

印刷・製本
図書印刷株式会社

ISBN978-4-86506-087-4 C0095
Printed in Japan